TRANZLATY

La Langue est pour tout le Monde

زبان برای همه است

Les Aventures d'Alice au Pays des Merveilles

ماجراهای آلیس در سرزمین عجایب

Lewis Carroll

لوئیس کارول

Français / فارسی

Copyright © 2024 Tranzlaty
All rights reserved
Published by Tranzlaty
ISBN: 978-1-83566-828-3
Original text: Alice's Adventures in Wonderland
by Lewis Carroll (1865)
Abridged by Sam'l Gabriel Sons (1916)
www.tranzlaty.com

Dans le Terrier du Lapin
پایین سوراخ خرگوش

Alice commençait à être très fatiguée

آلیس داشت خیلی خسته می شد

Elle était assise à côté de sa sœur sur le talus d'herbe

او در کنار خواهرش در ساحل چمن نشسته بود

Mais elle n'avait rien à faire

اما او هیچ کاری برای انجام دادن نداشت

Sa sœur lisait un livre

خواهرش داشت کتاب می خواند

une ou deux fois, Alice jeta un coup d'œil dans le livre

یکی دو بار آلیس به کتاب نگاه کرد

Mais le livre ne contenait ni images ni conversations

اما کتاب هیچ عکس یا مکالمه ای در آن نداشت

« À quoi sert un livre sans images ? » pensa Alice

آلیس فکر کرد» :کتاب بدون عکس چه فایده ای دارد؟ «

« Pourquoi un livre n'aurait-il pas de conversations ? »

" چرا یک کتاب هیچ مکالمه ای ندارد؟ "

Mais elle avait d'autres choses à considérer

اما او چیزهای دیگری برای در نظر گرفتن داشت

« Faire une chaîne de marguerites serait un plaisir »

"ساختن زنجیره ای از گل مروارید لذت بخش خواهد بود "
« Mais cela vaut-il la peine de se lever et de cueillir les
marguerites ?? »
"اما آیا ارزش تلاش برای بلند شدن و چیدن گل مروارید را دارد؟؟ "
Ce n'était pas si facile d'y penser
فکر کردن به این موضوع چندان آسان نبود
parce que la journée la rendait somnolente et stupide
چون روز باعث می شد او احساس خواب آلودگی و احمقی کند
Mais soudain, ses pensées s'interrompirent
اما ناگهان افکارش قطع شد
un lapin blanc aux yeux roses courait près d'elle
یک خرگوش سفید با چشمان صورتی نزدیک او دوید

Il n'y avait rien de trop remarquable chez le lapin
هیچ چیز بیش از حد قابل توجهی در مورد خرگوش وجود نداشت
et Alice ne trouvait pas non plus le lapin remarquable
و آلیس فکر نمی کرد که خرگوش قابل توجه باشد
elle ne s'étonna pas non plus quand le Lapin parla
همچنین وقتی خرگوش صحبت می کرد او را شگفت زده نکرد
« Oh mon Dieu ! Je serai trop tard ! se dit-il
"اوه عزیزم إمن خیلی دیر خواهم شد «او با خود گفت
mais alors le Lapin a fait quelque chose que les lapins n'ont
pas fait

اما بعد خرگوش کاری کرد که خرگوش ها انجام نداده‌اند

le Lapin tira une montre de la poche de son gilet

خرگوش ساعتی را از جیب جلیقه اش بیرون آورد

Il regarda l'heure puis se hâta

او به زمان نگاه کرد و سپس با عجله ادامه داد

Alice se leva, stupéfaite

آلیس با تعجب روی پاهایش ایستاد

Elle n'avait jamais vu un lapin avec un gilet auparavant !

او قبلا هرگز خرگوش با جلیقه ندیده بود !

elle n'avait jamais vu non plus de lapin avec une montre !

و هرگز خرگوشی با ساعت ندیده بود !

Alice brûlait d'une nouvelle curiosité

آلیس با کنجکاوی جدیدی می سوخت .

et elle courut à travers le champ après le Lapin

و او به دنبال خرگوش در سراسر مزرعه دوید

Elle était juste à temps pour voir le lapin disparaître

او درست به موقع بود تا ناپدید شدن خرگوش را ببیند

Le lapin sauta dans un grand terrier de lapin

خرگوش به داخل یک سوراخ بزرگ خرگوش پرید

Un instant plus tard, Alice s'est mise à courir après le lapin !

در یک لحظه دیگر، آلیس به دنبال خرگوش رفت !

Le terrier du lapin continuait tout droit comme un tunnel

سوراخ خرگوش مستقیم مانند یک تونل پیش می رفت

Et le tunnel a continué à avancer sur une certaine distance

و تونل تا مسافتی ادامه داد

Et puis le chemin s'est soudainement incliné

و سپس مسیر ناگهان پایین آمد

Alice n'eut pas un instant pour songer à s'arrêter

آلیس لحظه ای نداشت که به متوقف کردن خودش فکر کند

Elle s'est retrouvée à tomber et à tomber

او خود را در حال افتادن و پایین و پایین یافت

Il semblait qu'elle était tombée dans un puits très profond

به نظر می رسید که او در یک چاه بسیار عمیق افتاده است

Ou le puits était très profond, ou bien elle tombait très
lentement

یا چاه خیلی عمیق بود یا خیلی آهسته سقوط کرد

parce qu'elle avait tout le temps de tomber

چون او زمان زیادی برای افتادن داشت

alors qu'elle tombait, elle pouvait regarder tout autour d'elle

همانطور که داشت در حال سقوط بود می توانست به اطرافش نگاه کند

D'abord, elle a essayé de comprendre où elle allait

ابتدا سعی کرد بفهمد کجا می رود

mais le puits était trop sombre pour voir quoi que ce soit

اما چاه تاریک تر از آن بود که چیزی ببیند

Puis elle regarda les côtés du puits

سپس به کناره های چاه نگاه کرد

Et elle remarqua qu'il y avait des placards tout autour d'elle

و متوجه شد که کمدهایی در اطراف او وجود دارد

et tout autour du puits il y avait des étagères de livres

و در اطراف چاه قفسه های کتاب بود

Çà et là, elle voyait des cartes et des tableaux accrochés à des piquets

اینجا و آنجا نقشه ها و عکس هایی را می دید که روی گیره ها آویزان شده بودند

En passant, elle prit un bocal sur l'une des étagères

او هنگام عبور یک شیشه را از یکی از قفسه ها پایین آورد

Le pot a été étiqueté pour son contenu

شیشه به دلیل محتوای آن برچسب گذاری شده بود

« MARMELADE D'ORANGES »

"مارمالاد ساخته شده از پرتقال "

Mais, à sa grande déception, le pot de marmelade était vide

اما، در کمال ناامیدی او، کوزه مارمالاد خالی بود

Elle ne voulait pas laisser tomber le pot de marmelade vide

او نمی خواست شیشه خالی مارمالاد را رها کند

et sa chute fut très lente

و سقوط او بسیار آهسته بود

Elle a donc réussi à mettre le pot de marmelade dans l'un des placards

بنابراین او موفق شد شیشه مارمالاد را در یکی از کمدها بگذارد

Tombée, descendue, tombée !

پایین، پایین، پایین او می افتد !

La chute prendrait-elle fin ?

آیا سقوط هرگز به پایان می رسد؟

Il n'y avait rien d'autre à faire

کار دیگری برای انجام دادن وجود نداشت

alors Alice commença bientôt à se parler à elle-même

بنابراین آلیس به زودی شروع به صحبت با خودش کرد

« Je vais beaucoup manquer à Dinah ce soir, je pense ! »

"دینا امشب خیلی دلتنگ من خواهد شد، باید فکر کنم"!

Dinah était le chat d'Alice

دینا گربه آلیس بود

« J'espère qu'ils se souviendront de sa soucoupe de lait à l'heure du thé »

"امیدوارم آنها نعلبکی شیرش را در زمان چای به یاد بیاورند "

« Dinah, ma chère, je voudrais que tu sois ici avec moi ! »

»دینا، عزیزم، ای کاش اینجا با من بودی «!

Alice sentit qu'elle s'assoupissait

آلیس احساس کرد که دارد چرت می زند

Et puis soudain, bruit sourd ! bourrade!

و سپس ناگهان، کوبید !کوبید !

Elle tomba sur un tas de bâtons

او روی توده ای از چوب ها افتاد

et elle atterrit sur un tas de feuilles sèches

و روی انبوهی از برگ های خشک فرود آمد

et enfin la longue chute dans le trou était terminée

و بالاخره سقوط طولانی از سوراخ تمام شد

Alice n'était pas du tout blessée

آلیس ذره ای آسیب ندید

Et elle se leva d'un bond au bout d'un instant

و او در عرض یک لحظه از جا پرید

Elle leva les yeux, mais il faisait noir au-dessus de sa tête

او به بالا نگاه کرد، اما همه چیز بالای سرش تاریک بود

Devant elle se trouvait un autre long couloir

جلوی او یک راهرو طولانی دیگر بود

et le Lapin Blanc était toujours en vue

و خرگوش سفید هنوز در دید بود

Il se hâtait dans le couloir

او با عجله به سمت راهرو می رفت

Il n'y avait pas un instant à perdre

لحظه ای برای از دست دادن وجود نداشت

Alice s'enfuit comme le vent

خاموش دوید آلیس مثل باد

Au coin de la rue, le lapin s'est retourné

در گوشه ای خرگوش چرخید

Elle était juste à temps pour entendre le lapin

او درست به موقع بود تا صدای خرگوش را بشنود .

« "Oh, mes oreilles et mes moustaches »

" آه، گوش ها و سبیل های من "

« Comme il est tard ! »

"چقدر دیر شده است "!

Elle était tout près derrière le lapin

او نزدیک پشت سر خرگوش بود

Elle tourna au détour d'un autre coin

او به گوشه دیگری برگشت

mais le Lapin n'était plus visible

اما خرگوش دیگر دیده نمی شد

Elle se retrouva dans une longue salle basse

او خود را در یک سالن بلند و کم ارتفاع یافت

La salle était éclairée par une rangée de plafonniers

سالن با ردیفی از لامپ های سقفی روشن شده بود

Il y avait des portes tout autour de la salle

درهایی در اطراف سالن وجود داشت

mais toutes les portes étaient fermées à clé

اما همه درها قفل بودند

Elle marcha tout le long d'un côté de la salle

او تمام راه را از یک طرف راهرو پایین رفت

et elle avait fait tout le chemin de l'autre côté de la salle

و او تمام راه را از آن طرف راهرو بالا رفته بود

Elle avait essayé toutes les portes

او هر دری را امتحان کرده بود

et elle marchait tristement au milieu de la salle

و او با ناراحتی از وسط راهرو قدم زد

« Comment vais-je jamais en sortir ? »

"چطور می خواهم دوباره بیرون بیایم؟ "

Tout à coup, elle tomba sur une petite table

ناگهان به میز کوچکی برخورد کرد

La table était entièrement en verre massif

میز کاملا از شیشه جامد ساخته شده بود

Il n'y avait rien sur la table à part une petite clé dorée

چیزی روی میز نبود جز یک کلید طلایی کوچک

La clé pourrait appartenir à l'une des portes !

کلید ممکن است متعلق به یکی از درها باشد !

Mais, hélas ! Certaines serrures étaient trop grandes pour les clés

اما، افسوس ! برخی از قفل ها برای کلیدها خیلی بزرگ بودند

et pour les autres serrures, la clé était trop petite

و برای قفل های دیگر کلید خیلی کوچک بود

mais, en tout cas, la clef n'ouvrit aucune des portes

اما، به هر حال، کلید هیچ یک از درها را باز نکرد

Mais que devait-elle faire ?

اما او باید چه کار می کرد؟

Elle traversa de nouveau le couloir

او دوباره از سالن عبور کرد

et cette fois, elle remarqua un rideau bas

و این بار متوجه پرده ای کم شد

Derrière le rideau se trouvait une petite porte

پشت پرده در کوچکی بود

La porte avait une quinzaine de pouces de haut

در حدود پانزده اینچ ارتفاع داشت

Elle essaya la petite clé dorée dans la serrure

او کلید طلایی کوچک قفل را امتحان کرد

Et à sa grande joie, la clé s'est glissée dans la serrure !

و در کمال خوشحالی او، کلید در قفل قرار گرفت !

Alice ouvrit la porte

آلیس در را باز کرد

et elle trouva la porte qui donnait sur un petit couloir

و متوجه شد که در به راهروی کوچکی منتهی می شود

Le couloir n'était pas beaucoup plus grand qu'un trou à rats

راهرو خیلی بزرگتر از یک سوراخ موش نبود

Elle s'agenouilla et regarda le long du couloir

زانو زد و به راهرو نگاه کرد

et elle a vu le plus beau jardin que vous ayez jamais vu

و او زیباترین باغی را دید که تا به حال دیده اید

comme elle avait envie de sortir de cette salle sombre

چقدر آرزو داشت از آن سالن تاریک خارج شود

comme elle voulait se promener parmi ces fleurs lumineuses

چقدر می خواست در میان آن گل های روشن پرسه بزند

Comme ces fontaines avaient l'air cool et rafraîchissantes

آن فواره ها چقدر باحال به نظر می رسیدند

Mais elle ne pouvait même pas passer la tête par la porte

اما او حتی نمی توانست سرش را از در عبور دهد

— Oh ! dit Alice d'un ton lugubre

« اوه» :آلیس با اندوه گفت »

comme je voudrais pouvoir me plier comme un télescope !

"چقدر آرزو می کنم که می توانستم مثل تلسکوپ جمع شوم "!

« Je pense que je pourrais me plier comme un télescope »

"فکر می کنم می توانم مثل یک تلسکوپ جمع شوم "

« Si seulement je savais par où commencer »

"اگر فقط می دانستم چگونه شروع کنم "

Alice retourna à la table

آلیس به میز برگشت

Il y avait la chance de trouver une autre clé

شانس پیدا کردن کلید دیگری وجود داشت

Ou il pourrait y avoir un livre de règles

یا ممکن است کتابی از قوانین وجود داشته باشد

Le livre pourrait lui apprendre à se plier comme un télescope

کتاب می تواند به او بگوید که چگونه مانند تلسکوپ تا شود

Cette fois, elle trouva une petite bouteille

این بار او یک بطری کوچک پیدا کرد

« cette bouteille n'était certainement pas là auparavant, » dit Alice

آلیس گفت" :این بطری مطمئنا قبلا اینجا نبود

et autour du goulot de la bouteille était attachée une étiquette en papier

و دور گردن یک بطری برچسب کاغذی بسته شده بود

L'étiquette était magnifiquement imprimée en grandes lettres

برچسب به زیبایی با حروف بزرگ چاپ شده بود

« BOIS-MOI »

"مرا بنوش "

« Non, je vais regarder d'abord », a-t-elle dit

او گفت» :نه، اول نگاه می کنم

« Je vais voir si la bouteille est marquée comme toxique ou non, »

"من می بینم که آیا بطری به عنوان سمی علامت گذاری شده است یا نه، "

Parce qu'elle n'a jamais oublié la leçon sur le poison

زیرا او هرگز درس زهر را فراموش نکرد

« Si une bouteille est étiquetée comme toxique, elle est forcément en désaccord avec vous »

"اگر یک بطری برچسب سمی داشته باشد، مطمئنا با شما مخالف است "

Cependant, cette bouteille n'a pas été marquée comme toxique

با این حال، این بطری به عنوان سمی مشخص نشده بود

alors Alice se hasarda à goûter le contenu de la bouteille

بنابراین آلیس جرأت کرد محتوای بطری را بچشد

Elle trouva le liquide tout à fait à son goût

او مایع را کاملا به دلخواه خود یافت

La boisson avait une sorte de saveur mélangée

این نوشیدنی نوعی طعم مخلوط داشت

tarte aux cerises, crème pâtissière et ananas

تارت گیلاس، کاستارد و آناناس

Rôtir la dinde, le caramel et le pain grillé au beurre chaud

بوقلمون، تافی و نان تست با کره داغ

et elle finit bientôt la bouteille

و او به زودی بطری را تمام کرد

« Quelle curieuse sensation ! » dit Alice

آلیس گفت» :چه احساس عجیبی «!

« Je me plie comme un télescope ! »

"من مثل تلسکوپ جمع می شوم "!

Et elle se repliait comme un télescope !

و او واقعا مثل یک تلسکوپ جمع شده بود !

Elle n'avait plus que dix pouces de haut

او اکنون فقط ده اینچ قد داشت

et son visage s'éclaira à ses pensées

و صورتش از افکارش روشن شد

Maintenant, elle était de la bonne taille pour la petite porte

حالا او اندازه مناسبی برای در کوچک بود

Maintenant, elle pouvait aller dans ce joli jardin

حالا او می توانست به آن باغ دوست داشتنی برود

Bientôt, elle a cessé de devenir plus petite

به زودی او دیگر کوچک تر نشد

Elle décida d'aller tout de suite dans le jardin

او تصمیم گرفت فورا به باغ برود

mais, hélas pour la pauvre Alice !

اما، افسوس، برای آلیس بیچاره !

Elle arriva à la porte

او به در رسید

Mais elle avait oublié la petite clé d'or

اما او کلید طلایی کوچک را فراموش کرده بود

Elle retourna à la table pour prendre la clé

او به میز برگشت تا کلید را بگیرد

**Mais elle s'aperçut qu'elle ne pouvait pas atteindre assez
haut**

اما متوجه شد که نمی تواند به اندازه کافی بالا برود

Elle pouvait voir la clé très distinctement à travers la vitre

او می توانست کلید را به وضوح از طریق شیشه ببیند

Elle essaya de grimper sur les pieds de la table

سعی کرد از پاهای میز بالا برود

Mais le verre était beaucoup trop glissant

اما شیشه خیلی لغزنده بود

Finalement, elle s'est fatiguée à essayer

سرانجام او با تلاش خود را خسته کرد

et la pauvre petite fille s'assit et pleura

و دختر کوچک بیچاره نشست و گریه کرد

Alice se parlait à elle-même assez vivement

آلیس با خودش نسبتا تند صحبت کرد

« Allons, ça ne sert à rien de pleurer comme ça ! »

"بیا، گریه کردن اینطور فایده ای ندارد "!

« Je vous conseille d'arrêter tout de suite ! »

"من به شما توصیه می کنم همین لحظه متوقف شوید "!

Elle se donnait généralement de très bons conseils

او به طور کلی به خودش توصیه های بسیار خوبی می کرد

bien qu'elle suivît très rarement ses propres conseils

اگرچه او به ندرت از توصیه های خود پیروی می کرد

Et elle était parfois trop dure envers elle-même

و گاهی اوقات بیش از حد با خودش خشن بود

et ses paroles lui firent monter les larmes aux yeux

و حرف هایش اشک در چشمانش آورد

Bientôt, son regard tomba sur une petite boîte en verre

به زودی چشمش به یک جعبه شیشه ای کوچک افتاد

La petite boîte de verre était posée sous la table

جعبه شیشه ای کوچک زیر میز افتاده بود

Dans la boîte en verre se trouvait un tout petit gâteau

در جعبه شیشه ای یک کیک بسیار کوچک بود

Sur le gâteau, quelques mots étaient magnifiquement écrits

روی کیک چند کلمه به زیبایی نوشته شده بود

les mots avaient été marqués dans des groseilles

کلمات با توت علامت گذاری شده بودند

« MANGE-MOI »

"مرا بخور "

« Eh bien, je vais manger le gâteau », dit Alice

آلیس گفت»: خوب، من کیک را می خورم

« et si le gâteau me fait grossir, je peux atteindre la clé »

"و اگر کیک باعث بزرگتر شدن من شود، می توانم به کلید برسم "

« et si le gâteau me fait rapetisser, je peux me glisser sous la porte »

"و اگر کیک باعث کوچکتر شدن من شود، می توانم زیر در بخزم "

« Donc, de toute façon, j'irai dans le jardin »

"بنابراین در هر صورت من وارد باغ می شوم "

« Et peu m'importe lequel des deux arrive ! »

"و من اهمیتی نمی دهم که کدام یک از این دو اتفاق می افتد "!

Elle a mangé un peu du gâteau

او کمی از کیک را خورد

et elle se parla anxieusement à elle-même :

و با نگرانی با خود صحبت کرد :

« Dans quel sens ? Dans quel sens ?

»کدام طرف؟ کدام طرف؟ "

et elle posa la main sur sa tête

و دستش را روی سرش گرفت

Elle voulait sentir de quelle façon elle grandissait

او می خواست احساس کند که به کدام سمت رشد می کند

Elle fut très surprise de découvrir ce qui s'était passé

او از اینکه متوجه شد چه اتفاقی افتاده بود کاملا شگفت زده شد

Elle était restée de la même taille !

او در همان اندازه باقی مانده بود !

Cette fois, elle redoubla donc d'efforts

بنابراین این بار او تلاش خود را دو برابر کرد

Et bientôt, elle termina tout le gâteau

و به زودی کل کیک را تمام کرد

La mare de larmes

حوض اشک

« Cela devient de plus en plus intéressant ! » s'écria Alice

"این بیشتر و جالب تر می شود "!آلیس فریاد زد

Vous pouvez voir qu'elle était très surprise

می بینید که او بسیار شگفت زده شده بود

« Je m'ouvre comme le plus grand télescope qui ait jamais existé ! »

"من مانند بزرگترین تلسکوپی که تا به حال وجود داشته است باز می کنم"!

« Au revoir, les pieds ! Oh, mes pauvres petits pieds"

"خداحافظ، پاها !آه، پاهای کوچک بیچاره من"

« Je me demande qui va vous mettre vos chaussures maintenant, mes chères ? »

"من تعجب می کنم که الان چه کسی کفش های شما را برای شما می پوشد، عزیزان؟"

et je me demande qui mettra vos bas ?

«و من تعجب می کنم که چه کسی جوراب های شما را می پوشد؟»

« Je serai beaucoup trop loin »

"من خیلی خیلی دور خواهم بود"

« Je ne pourrai plus me soucier de toi »

"من دیگر نمی توانم خودم را در مورد تو به دردسر بیندازم"

Juste à ce moment, sa tête heurta quelque chose

درست در این لحظه سرش به چیزی برخورد کرد

Elle avait atteint le toit de la salle

او به پشت بام سالن رسیده بود

En fait, elle mesurait maintenant plus de deux mètres

در واقع، او اکنون بیش از دو متر قد داشت

et elle prit aussitôt la petite clef d'or

و او فورا کلید طلایی کوچک را برداشت

et elle se précipita vers la porte du jardin

و با عجله به سمت در باغ رفت

Pauvre Alice ! Il n'y avait pas grand-chose qu'elle pouvait faire

بیچاره آلیس !اکار زیادی نمی توانست انجام دهد

Elle s'allongea sur le côté

او به یک طرف دراز کشید

et elle regarda d'un œil dans le jardin

و با یک چشم به باغ نگاه کرد

Mais s'en sortir était plus désespéré que jamais

اما عبور از همیشه ناامیدکننده تر از همیشه بود

Elle s'est assise et a recommencé à pleurer

او نشست و دوباره شروع به گریه کرد

Elle a continué à verser des litres de larmes

او به ریختن گالن اشک ادامه داد

Bientôt, il y eut une grande flaque tout autour d'elle

به زودی یک استخر بزرگ در اطراف او وجود داشت

et l'eau atteignait la moitié du couloir

و آب به نیمه راه سالن رسید

Au bout d'un moment, elle entendit un petit claquement de pieds

پس از مدتی، صدای کمی تق تق پاها را شنید

Elle entendit les pas venir de loin

او صدای پاها را از دور شنید

et elle s'essuya vivement les yeux pour voir ce qui allait arriver

و با عجله چشمانش را خشک کرد تا ببیند چه چیزی در راه است

C'était le retour du Lapin Blanc

این خرگوش سفید بود که در حال بازگشت بود

Il était magnifiquement vêtu

او لباس های باشکوهی پوشیده بود

Il avait une paire de gants blancs dans une main

او یک جفت دستکش سفید در یک دست داشت

et il avait un grand éventail de plumes dans l'autre main

و او یک بادبزن پر بزرگ در دست دیگر داشت

Il arriva en trottinant en toute hâte

او با عجله زیادی با یورتمه به جلو آمد

et il murmura en lui-même : « Oh ! la duchesse, la duchesse !

و با خود زمزمه کرد» آه إدوشس، دوشس"!

« Ah ! ne serait-elle pas sauvage si je l'ai fait attendre !

"اوه إآیا او وحشی نخواهد بود اگر او را منتظر نگه داشته باشم«!

Quand le Lapin s'approcha d'elle, Alice prit la parole

وقتی خرگوش به او نزدیک شد، آلیس صحبت کرد

Mais elle parlait d'une voix basse et timide

اما او با صدایی آهسته و ترسو صحبت کرد

« Monsieur, s'il vous plaît, arrêtez ce que vous faites un instant »

"آقا، لطفا برای یک لحظه کاری را که انجام می دهید متوقف کنید"

Le Lapin sursauta violemment

خرگوش به شدت وحشت زده شد

Il laissa tomber les gants blancs et l'éventail de plumes

دستکش های سفید و پنکه پر را انداخت

et il s'enfuit dans les ténèbres aussi vite qu'il le put

و او به سرعت هر چه می توانست به تاریکی دوید

Alice ramassa l'éventail en plumes et les gants

آلیس پنکه پر و دستکش را برداشت

Et elle n'arrêtait pas de s'éventer tout en parlant

و در حالی که به صحبت کردن ادامه می داد، خودش را باد می زد

« Cher, cher ! Comme tout est étrange aujourd'hui !

»عزیزم، عزیزم !امروز چقدر همه چیز عجیب است«!

« Hier, les choses se sont passées comme d'habitude »

"دیروز همه چیز طبق معمول پیش رفت"

« Étais-je le même quand je me suis levé ce matin ? »

"آیا من هم همینطور بودم که امروز صبح از خواب بیدار شدم؟"

« Mais si je ne suis pas le même, il y a une autre question »

"اما اگر من مثل قبل نباشم، سوال دیگری وجود دارد"

« Qui suis-je ? »

"من در دنیا کی هستم؟"

« Ah, c'est le grand casse-tête ! »

"آه، این پازل بزرگ است"!

En disant cela, elle baissa les yeux sur ses mains

همانطور که این را می گفت، به دستانش نگاه کرد

Elle portait l'un des petits gants blancs du lapin

او یکی از دستکش های سفید کوچک خرگوش را پوشیده بود

Elle n'avait pas remarqué qu'elle avait mis le gant en parlant

او متوجه نشده بود که هنگام صحبت کردن دستکش را پوشیده است

« Comment ai-je pu faire cela ? » a-t-elle pensé

او فکر کرد» :چطور می توانستم این کار را انجام دهم؟«

« Je dois redevenir petit »

"من باید دوباره کوچک شوم"

Elle se leva et s'approcha de la table pour mesurer sa taille

بلند شد و به سمت میز رفت تا قدش را بسنجد

Elle a découvert qu'elle mesurait maintenant environ un demi-mètre

او متوجه شد که اکنون حدود نیم متر قد دارد

et elle rétrécissait encore rapidement

و او هنوز به سرعت کوچک می شد

Elle découvrit rapidement quelle était la cause de ce rétrécissement

او به زودی متوجه شد که علت کوچک شدن چیست

L'éventail de plumes la rendait encore plus petite !

پنکه پر دوباره او را کوچکتر می کرد!

et elle laissa tomber l'éventail de plumes à la hâte

و بادبزن پر را با عجله رها کرد

Elle laissa tomber l'éventail de plumes juste à temps pour se sauver

او پنکه پر را به موقع رها کرد تا خودش را نجات دهد

Si elle s'était éventée plus longtemps, elle se serait complètement retirée

اگر دیگر خودش را باد می زد، کاملا کوچک می شد

« C'était une échappatoire de justesse ! » dit Alice

آلیس گفت» :این یک فرار باریک بود«!

et elle fut bien effrayée de ce changement soudain

و او از این تغییر ناگهانی بسیار ترسیده بود

mais elle était très heureuse de se trouver encore en existence

اما او بسیار خوشحال بود که هنوز وجود دارد

« Et maintenant, en route pour le jardin ! »

»و حالا، به باغ«!

Et elle courut à toute vitesse vers la petite porte

و با تمام سرعت به سمت در کوچک دوید

Mais, hélas ! La petite porte fut refermée

اما، افسوس !در کوچک دوباره بسته شد

et la petite clé d'or était de nouveau posée sur la table de verre

و کلید طلایی کوچک دوباره روی میز شیشه ای دراز کشیده بود

« Les choses sont pires que jamais », pensa le pauvre enfant

کودک بیچاره فکر کرد» :اوضاع بدتر از همیشه است

« Je n'ai jamais été aussi petit que ça auparavant, jamais ! »

"من قبلا هرگز به این اندازه کوچک نبودم، هرگز"!

En prononçant ces mots, son pied glissa

همانطور که این کلمات را می گفت، پایش لیز خورد

et un instant plus tard, il y eut une grande éclaboussure !

و در لحظه ای دیگر صدای زیادی به صدا درآمد!

Elle était dans l'eau salée jusqu'au menton

او تا چانه اش در آب نمک بود

Sa première idée fut qu'elle était tombée d'une manière ou d'une autre dans la mer

اولین ایده او این بود که به نوعی در دریا افتاده است

Cependant, elle s'est vite rendu compte dans quoi elle se trouvait

با این حال، او به زودی متوجه شد که در چه چیزی است

Elle était dans une mare de larmes

او در حوضچه ای از اشک بود

les larmes qu'elle avait versées quand elle avait deux mètres de haut

اشک هایی که وقتی دو متر قد داشت گریه کرده بود

Juste à ce moment-là, elle entendit quelque chose

درست در همان لحظه چیزی شنید

Quelque chose barbotait dans la mare

چیزی در استخر پاشیده می شد

Les éclaboussures venaient d'un peu de loin

پاشیدن از کمی دور آمد

et elle nagea plus près pour voir ce que c'était que les éclaboussures

و نزدیکتر شنا کرد تا ببیند پاشیدن چیست

Elle vit bientôt que ce n'était qu'une petite souris

او به زودی دید که فقط یک موش کوچک است

La petite souris s'était également glissée dans l'eau

موش کوچولو نیز به داخل آب لیز خورده بود

Alice réfléchit à la situation

آلیس با خودش در مورد وضعیت فکر کرد

« Serait-il utile de parler à cette souris ? »

»آیا صحبت کردن با این موش فایده ای دارد؟«

« Tout est tellement à l'envers ici »

"همه چیز اینجا خیلی وارونه است"

« Je pense que c'est très probable que cette souris peut

parler »

"من باید فکر کنم به احتمال زیاد این موش می تواند صحبت کند"

« En tout cas, il n'y a pas de mal à essayer »

"به هر حال، تلاش کردن ضرری ندارد"

Alors elle a commencé à essayer de parler à la souris

بنابراین او شروع به تلاش برای صحبت با موش کرد

« Oh Souris, sais-tu comment sortir de cette mare ? »

"اوه موش، راه خروج از این استخر را می دانی؟"

« Je suis bien fatigué de nager ici, ô souris ! »

"من از شنا کردن اینجا خیلی خسته شده ام. اوه موش"!

La souris la regarda d'un air assez inquisiteur

موش با کنجکاوی به او نگاه کرد

La souris semblait cligner de l'œil avec l'un de ses petits yeux

به نظر می رسید موش با یکی از چشمان کوچکش چشمک می زند

Mais la petite souris ne dit rien

اما موش کوچولو چیزی نگفت

« Peut-être la souris ne comprend-elle pas l'anglais », pensa Alice

آلیس فکر کرد« :شاید موش انگلیسی نمی فهمد

« J'ose dis-le que c'est une souris française »

"به جرات می توانم بگویم که این یک موش فرانسوی است"

« peut-être que cette souris est venue avec Guillaume le Conquérant »

"شاید این موش با ویلیام فاتح آمده است"

Alors elle a recommencé, en français

بنابراین او دوباره به زبان فرانسوی شروع کرد

« Où est mon chat ? » a-t-elle demandé en français

"گربه من کجاست؟ "او به فرانسوی پرسید.

c'était la première phrase de son livre de leçons de français

این اولین جمله در کتاب درس فرانسوی او بود

La souris fit un saut soudain hors de l'eau

موش به طور ناگهانی از آب بیرون پرید

et la souris semblait frémir de frayeur

و به نظر می رسید موش از ترس می لرزد

— Oh ! je vous demande pardon ! s'écria vivement Alice

»اوه، من از شما عذرخواهی می کنم «آلیس با عجله فریاد زد

Elle craignait d'avoir blessé les sentiments du pauvre animal

او می ترسید که احساسات حیوان بیچاره را جریحه دار کرده باشد

« J'oubliais que tu n'aimais pas les chats »

"من کاملا فراموش کردم که تو گربه ها را دوست نداشتی"

« Je n'aime pas les chats ! » cria la Souris d'une voix aiguë et passionnée

موش با صدایی خشن و پرشور فریاد زد» :من گربه ها را دوست ندارم«!

« Voudrais-tu des chats, si tu étais moi ? »

"آیا گربه می خواهی، اگر من بودی؟"

Alice réconforta la souris d'un ton apaisant

آلیس با لحنی آرامش بخش موش را آرام کرد

« Eh bien, peut-être que je n'aimerais pas non plus les chats si j'étais vous »

"خوب، شاید اگر من جای تو بودم گربه ها را دوست نداشتم"

« S'il vous plaît, ne soyez pas en colère à propos de la mention des chats »

"لطفا از ذکر گربه ها عصبانی نباشید"

« Et pourtant, j'aimerais pouvoir te montrer notre chat Dinah »

"و با این حال آرزو می کنم که می توانستم گربه مان دینا را به شما نشان دهم"

« Si vous la rencontriez, je pense que vous prendriez goût aux chats »

"اگر او را ملاقات می کردید، فکر می کنم به گربه ها علاقه مند می شدید"

« Si seulement vous pouviez la voir »

"اگر فقط می توانستی او را ببینی"

« Elle est une chose si chère et si calme »

"او یک چیز عزیز و ساکت است"

La souris tremblait de partout

موش همه جا می لرزید

Alice était certaine que la souris devait être vraiment offensée

آلیس مطمئن بود که موش واقعا آزرده شده است

« On ne parlera plus d'elle, si tu préfères ne pas le faire »

"اگر ترجیح می دهید دیگر در مورد او صحبت نخواهیم کرد"

« Nous, en effet ! » s'écria la Souris

موش فریاد زد» :ما، واقعا«!

La souris tremblait jusqu'au bout de sa queue

موش تا انتهای دمش می لرزید

« Comme si je voulais parler d'un tel sujet ! »

»انگار در مورد چنین موضوعی صحبت می کنم«!

« Notre famille a toujours détesté les chats »

"خانواده ما همیشه از گربه ها متنفر بودند"

"Les chats ; des choses méchantes, basses, vulgaires !

"گربه ها .چیزهای زننده، و مبتذل«!

« Ne me laissez plus entendre le nom ! »

"اجازه ندهید دوباره نام را بشنوم"!

— Je ne parlerai plus des chats, en effet, dit Alice

آلیس گفت» :من واقعا دیگر از گربه ها نام نمی برم«!

Elle était très pressée de changer de sujet

او خیلی عجله داشت که موضوع را تغییر دهد

"Êtes-vous... Aimez-vous les chiens ?

"آیا شما ...آیا شما به سگ علاقه دارید؟"

« Il y a un petit chien si gentil près de notre maison, »

"یک سگ کوچک خوب نزدیک خانه ما وجود دارد،"

« Je voudrais te montrer le petit chien ! »

»می خواهم سگ کوچولو را به شما نشان دهم«!

"Ce petit chien tue tous les rats et...

"این سگ کوچک همه موش ها را می کشد و...!

« Oh ! mon Dieu ! » s'écria Alice d'un ton triste

»آه، عزیزم »:آلیس با لحنی غمگین فریاد زد

« J'ai peur de t'avoir encore offensé ! »

"می ترسم دوباره به تو توهین کرده باشم"!

La souris nageait loin d'elle aussi vite qu'elle le pouvait

موش با سرعتی که می توانست از او دور می شد

et la souris fit tout un vacarme dans la mare

و موش در استخر هیاهو کرد

Alors elle appela doucement la souris

بنابراین او به آرامی موش را صدا زد

« Ma chère souris, s'il vous plaît, revenez ! »

"موش عزیزم، لطفا برگرد"!

« Et nous ne parlerons pas des chats »

"و ما در مورد گربه ها صحبت نمی کنیم"

« Et nous n'avons pas non plus besoin de parler des chiens »

"و ما مجبور نیستیم در مورد سگ ها نیز صحبت کنیم"

Quand la souris entendit cela, elle se retourna

وقتی موش این را شنید، برگشت

et la petite souris nagea lentement vers elle

و موش کوچولو به آرامی به سمت او شنا کرد

Le visage de la souris était assez pâle

صورت موش کاملا رنگ پریده بود

et la souris parla d'une voix basse et tremblante

و موش با صدایی آهسته و لرزان صحبت کرد

« Allons à la rive »

"بگذار به ساحل برسیم"

« et ensuite je vous raconterai mon histoire »

"و سپس تاریخچه ام را به شما می گویم"

« et vous comprendrez pourquoi c'est moi qui déteste les chats et les chiens »

"و شما خواهید فهمید که چرا من از گربه ها و سگ ها متنفرم"

Il était grand temps de partir

زمان رفتن فرا رسیده بود

parce que la piscine devenait assez bondée

چون استخر کاملا شلوغ می شد

D'autres oiseaux et animaux étaient tombés dans la mare

پرندگان و حیوانات دیگر در استخر افتاده بودند

il y avait un Canard et un Dodo

یک اردک و یک دودو وجود داشت

et il y avait un oiseau Lory et un aiglon

و یک پرنده لوری و یک عقاب وجود داشت

et il y avait plusieurs autres créatures intéressantes

و چندین موجود جالب دیگر نیز وجود داشتند

Alice a ouvert la voie à la sortie de la piscine

آلیس راه خروج از استخر را هدایت کرد

et toute la troupe des animaux nagea jusqu'au rivage

و تمام گروه حیوانات به ساحل شنا کردند

Une course de caucus et une longue traîne

یک مسابقه حزبی و یک دم بلند

C'était en effet une bande d'animaux à l'allure amusante

آنها در واقع یک دسته حیوانات خنده دار بودند

et ils se rassemblèrent tous sur le bord de l'eau

و همه آنها در ساحل آب جمع شدند

Les oiseaux avaient tous des plumes débraillées

پرندگان همگی پرهای آویزان داشتند

et les animaux à fourrure étaient trempés

و حیوانات پشمالو خیس شدند

et tous étaient trempés, agacés et mal à l'aise

و همه خیس ، آزرده و ناراحت کننده بودند

Il y avait une question à laquelle il fallait répondre en premier

یک سوال وجود داشت که ابتدا باید به آن پاسخ داده می شد

Quelle est la meilleure façon pour tout le monde de se sécher ?

بهترین راه برای خشک شدن همه چیست؟

Ils ont tenu une consultation à ce sujet

آنها در این مورد مشورت کردند

Bientôt, ils furent tous en bons termes

به زودی همه آنها با شرایط آشنا آشنا شدند

C'était comme si elle les avait connus toute sa vie

انگار تمام عمرش آنها را می شناخت

La souris semblait être une personne d'une certaine autorité

به نظر می رسید موش فردی با اقتدار است

« Asseyez-vous, vous tous, et écoutez-moi !

»بنشینید، همه شما، و به من گوش دهید!

« Je vais bientôt vous faire sécher à nouveau ! »

"به زودی همه شما را دوباره خشک خواهم کرد"!

Ils s'assirent tous en même temps, dans un grand cercle

همه آنها به یکباره نشستند، در یک حلقه بزرگ

et la petite souris s'assit au milieu

و موش کوچولو وسط نشست

« Hum ! » dit la souris d'un air important

موش با هوای مهمی گفت» :آهم«!

« Êtes-vous tous prêts ? »

"همه شما آماده اید؟"

« C'est la chose la plus sèche que je connaisse »

"این خشک ترین چیزی است که می دانم"

« Silence tout autour, s'il vous plaît ! »

»سکوت اطراف، اگر بخواهید«!

« Guillaume le Conquérant était favorisé par le pape »

"ویلیام فاتح مورد علاقه پاپ بود"

« mais il fut bientôt soumis par les Anglais »

"اما به زودی توسط انگلیسی ها تسلیم شد"

« Ils voulaient des leaders ces derniers temps »

"آنها اخیرا رهبران می خواستند"

« et ils avaient été habitués au pouvoir et à la conquête »

"و آنها به قدرت و کشورگشایی عادت کرده بودند"

« Edwin et Morcar, les comtes de Mercie et de
Northumbrie »

"ادوین و مورکار، ارل های مرسیا و نورثمبریا"

« Pouah ! » dit l'oiseau lori, avec un frisson

پرنده لوری با لرزش گفت» :اوه«!

« et même Stigand, l'archevêque patriote de Cantorbéry »

"و حتی استیگاند، اسقف اعظم میهن پرست کانتربری"

« Il l'a également trouvé opportun »

"او همچنین آن را توصیه می کند"

« Qu'a-t-il trouvé à propos ? » dit le canard

اردک گفت» :چه چیزی به نظر او توصیه می شود؟«

— Il l'a trouvé opportun, répondit la souris d'un ton un peu contrarié

موش با عصبانیت پاسخ داد» :او این را توصیه می کند«

Mais le canard n'était pas satisfait

اما اردک راضی نبود

« Bien sûr, vous savez ce que 'it' signifie »

"البته، شما می دانید که" آن "به چه معناست"

« Je sais ce que c'est quand je trouve quelque chose », dit le canard

اردک گفت» :وقتی چیزی پیدا می کنم می دانم که» آن «چیست

« C'est généralement une grenouille ou un ver »

"به طور کلی قورباغه یا کرم است"

« La question est de savoir ce que l'archevêque a trouvé ?

"سوال این است که اسقف اعظم چه چیزی پیدا کرد؟"

La souris n'a pas remarqué cette question

موش متوجه این سوال نشد

Au lieu de cela, la souris continua précipitamment son discours

در عوض، موش با عجله به سخنرانی ادامه داد

« il a jugé opportun d'aller avec Edgar Atheling »

»او صلاح یافت که با ادگار اتلینگ برود«

« pour rencontrer Guillaume et lui offrir la couronne »

"برای دیدار با ویلیام و تقدیم تاج به او"

la souris continua, se tournant vers Alice pendant qu'elle parlait

موش ادامه داد و در حالی که صحبت می کرد به سمت آلیس چرخید

« Comment allez-vous maintenant, ma chère ? »

»الان چطور هستی، عزیزم؟«

— Aussi mouillée que jamais, dit Alice d'un ton mélancolique

آلیس با لحنی مالیخولیایی گفت» :مثل همیشه خیس

« Cette histoire n'a pas l'air de me tarir du tout »

"به نظر نمی رسد این داستان اصلا مرا خشک کند"

— Dans ce cas, dit solennellement le dodo en se levant

دودو با جدیت گفت» :در این صورت «و روی پاهایش بلند شد

« Je vote pour l'ajournement de la séance »

"من رای می دهم که جلسه به تعویق بیفتد"

« et je propose l'adoption immédiate de remèdes plus énergiques »

"و من پیشنهاد می کنم که فورا درمان های پرانرژی تر اتخاذ شود"

« Dis des paroles vraies ! » dit l'aiglon

عقاب گفت» :کلمات واقعی بگویید«!

« Je ne connais pas le sens de la moitié de ces longs mots »

"من معنی نیمی از آن کلمات طولانی را نمی دانم"

et, qui plus est, je ne crois pas que vous le sachiez non plus !

»و علاوه بر این، من باور نمی کنم که شما هم می دانید«!

— Ce que j'allais dire, dit le dodo d'un ton offensé

دودو با لحنی آزرده آمیز گفت» :آنچه می خواستم بگویم«

« La meilleure chose à faire pour nous sécher serait une course au caucus »

"بهترین کار برای خشک کردن ما یک مسابقه حزبی است"

« Qu'est-ce qu'une course de caucus ? » demanda Alice

آلیس گفت" :مسابقه انجمن حزبی چیست؟"

« Eh bien, » dit le dodo, « la meilleure façon de l'expliquer, c'est de le faire »

دودو گفت: "خوب، بهترین راه برای توضیح آن انجام آن است"

« D'abord, le dodo a tracé un parcours »

"ابتدا دودو یک مسیر مسابقه را مشخص کرد"

« La piste était dans une sorte de cercle »

"آهنگ در نوعی دایره بود"

« Et puis tout le groupe a été placé le long du parcours »

"و سپس همه مهمانی در طول مسیر قرار گرفتند"

Il n'y avait pas de « Un, deux, trois et c'est parti ! »

"هیچ" یک، دو، سه و دور "وجود نداشت.

Mais ils ont commencé à courir quand ils voulaient

اما هر زمان که دوست داشتند شروع به دویدن کردند

et ils finissaient aussi quand ils le voulaient

و آنها همچنین هر زمان که دوست داشتند تمام کردند

Il n'était donc pas facile de savoir quand la course était terminée

بنابراین دانستن اینکه چه زمانی مسابقه تمام شده است آسان نبود

Après environ une demi-heure de course, ils étaient tous assez secs

بعد از نیم ساعت یا بیشتر دویدن همه آنها کاملا خشک شدند

le dodo s'écria soudain : « La course est finie ! »

دودو ناگهان فریاد زد: "مسابقه تمام شد"!

Et ils se pressèrent tous autour du Dodo

و همه آنها در اطراف دودو ازدحام کردند

Tous les animaux haletaient et soufflaient

همه حیوانات نفس نفس می زدند و پف می کردند

et tous voulaient savoir : « Mais qui a gagné ? »

و همه آنها می خواستند بدانند، "اما چه کسی برنده شده است؟"

Le dodo ne pouvait pas répondre immédiatement à cette question

این سوال دودو نتوانست بلافاصله به آن پاسخ دهد

D'abord, il a dû beaucoup réfléchir

ابتدا باید خیلی فکر می کرد

Après mûre réflexion, le dodo finit par parler

پس از تفکر بسیار، دودو بالاخره صحبت کرد

« Tout le monde a gagné, et tous doivent avoir des prix »

"همه برنده شده اند و همه باید جایزه داشته باشند"

« Mais qui doit donner les prix ? » demanda un chœur de voix

»اما چه کسی باید جوایز را بدهد؟ «گروهی از صداها پرسیدند

— Eh bien, elle, bien sûr, dit le dodo

دودو گفت» :خب، او البته«

et le dodo pointa d'un doigt vers Alice

و دودو با یک انگشت به سمت آلیس اشاره کرد

et toute la troupe des animaux se pressait autour d'elle

و کل گروه حیوانات دور او جمع شدند

ils ont crié, d'une manière confuse : « Des prix ! Des prix !

آنها به شکلی گیج فریاد زدند» :جوایز !جوایز"!

Alice n'avait aucune idée de ce qu'elle devait faire

آلیس نمی دانست چه کاری باید انجام دهد

Désespérée, elle mit la main dans sa poche

با ناامیدی دستش را در جیبش گذاشت

Et elle en sortit une boîte de bonbons

و یک جعبه شیرینی بیرون آورد

Heureusement, l'eau salée n'était pas entrée dans la boîte

خوشبختانه آب نمک وارد جعبه نشده بود

et elle a distribué les bonbons comme prix

و شیرینی ها را به عنوان جایزه تحویل داد

Il y avait exactement une pièce pour tout le monde

دقیقا یک قطعه برای همه وجود داشت

La prochaine chose qu'ils devaient faire était de manger les bonbons

کار بعدی که باید انجام می دادند این بود که شیرینی ها را بخورند

Cela a causé du bruit et de la confusion

این باعث سر و صدا و سردرگمی شد

Les grands oiseaux se plaignaient de ne pas pouvoir goûter leurs bonbons

پرندگان بزرگ شکایت می کردند که نمی توانند شیرینی هایشان را بچشند

Les petits s'étouffaient et devaient être tapotés dans le dos

کوچکها خفه می شدند و باید به پشت ضربه می زدند

Cependant, c'était enfin fini

با این حال، بالاخره تمام شد

Et ils se rassirent en cercle

و آنها دوباره در یک حلقه نشستند

et ils supplièrent la souris de leur dire quelque chose de plus

و آنها به موش التماس کردند که چیز دیگری به آنها بگوید

— Vous m'avez promis de me raconter votre histoire, vous savez, dit Alice

آلیس گفت» :تو قول دادی که تاریخت را به من بگویی، می دانید«.

et elle fit une autre petite remarque sur les chats à voix basse

و او یک نکته کوچک دیگر در مورد گربه ها با زمزمه بیان کرد

Elle ne voulait pas offenser à nouveau la souris

او نمی خواست دوباره به موش توهین کند

la petite souris se tourna vers Alice et soupira

موش کوچولو رو به آلیس کرد و آهی کشید

« Ma conte est long et triste ! »

"داستان من یک داستان طولانی و غم انگیز است"!

— C'est une longue queue, certainement, dit Alice

آلیس گفت» :مطمئنا دم بلندی است

et elle baissa les yeux avec étonnement sur la queue de la souris

و با تعجب به دم موش نگاه کرد

« Mais pourquoi appelez-vous cela une queue triste ? »

»اما چرا آن را دم غمگین می گویی؟«

Et elle n'arrêtait pas de s'interroger à ce sujet pendant que la souris parlait

و در حالی که موش صحبت می کرد در مورد آن گیج می شد

de sorte que son idée de l'histoire était quelque chose comme ceci

به طوری که ایده او از داستان چیزی شبیه به این بود

                    "Fury said to
                  a mouse, That
                he met in the
              house, 'Let
            us both go
          to law: *I*
        will prosecute
      you.—
        Come, I'll
          take no denial:
            We must have
          the trial;
        For really
      this morning
    I've
  nothing
  to do.'
    Said the
      mouse to
        the cur,
          'Such a
            trial, dear
              sir, With
                no jury
                  or judge,
                    would
                    be wasting
                  our
                breath.'
              'I'll be
            judge,
          I'll be
        jury.'
      said
    cunning
    old
      Fury;
        'I'll
          try
            the
              whole
                cause,
                and
              condemn
            you to
          death.'"

Fury dit à une souris : Qu'il s'est rencontré dans la maison.

فیوری به موش گفت، که او در خانه ملاقات کرده است"

Allons tous les deux en justice, je vous poursuivrai

بگذارید هر دو به سراغ قانون برویم :من شما را تحت پیگرد قانونی قرار خواهم داد

Allons, je n'accepterai aucun démenti : il faut que nous fassions l'épreuve

بیا، من انکار نمی کنم :ما باید محاکمه را داشته باشیم

Car vraiment ce matin je n'ai rien à faire

برای واقعا امروز صبح من هیچ کاری برای انجام دادن ندارم

Dit la souris au maudit ;

موش به cur گفت;

Un tel procès, cher monsieur, sans jury ni juge, nous ferait perdre notre souffle

آقا عزیز، چنین محاکمه ای بدون هیئت منصفه یا قاضی، نفس ما را تلف می کند

« Je serai juge, je serai jury », dit le vieux rusé Fury

"من قاضی خواهم شد، من هیئت منصفه خواهم شد، "فیوری پیر حیله گر گفت

Je vais juger toute la cause, et je vous condamnerai à mort

من تمام هدف را امتحان خواهم کرد و تو را به مرگ محکوم می کنم

la souris parla sévèrement à Alice

موش به شدت با آلیس صحبت کرد

« Tu ne fais pas attention ! »

"شما توجه نمی کنید"!

« À quoi pensez-vous ? »

"به چه فکر می کنی؟"

— Je vous demande pardon, dit Alice très humblement

«من از شما عذرخواهی می کنم: آلیس با فروتنی گفت»

« Tu étais arrivé au cinquième virage, je crois ? »

«فکر می کنم به پیچ پنجم رسیده بودی؟»

« Vous m'insultez en disant de telles bêtises ! »

«تو با چنین مزخرفاتی به من توهین می کنی»!

Et la souris se leva et s'éloigna

و موش بلند شد و دور شد

Alice appela la petite souris

آلیس بعد از موش کوچولو صدا زد

« S'il vous plaît, revenez et terminez votre histoire ! »

"لطفا برگرد و داستانت را تمام کن"!

Et les autres se joignirent tous en chœur

و بقیه همگی به گروه کر پیوستند

« Oui, s'il vous plaît, terminez votre histoire ! »

"بله، لطفا داستانتان را تمام کنید"!

Mais la souris se contenta de secouer la tête avec impatience

اما موش فقط با بی حوصلگی سرش را تکان داد

et la petite souris marchait un peu plus vite

و موش کوچولو کمی سریعتر راه رفت

« Je voudrais bien avoir Dinah, notre chat, ici ! » dit Alice

«ای کاش دینا، گربه ما را اینجا داشتم»: آلیس گفت!

Cela provoqua une sensation remarquable parmi le parti

این باعث ایجاد شور و هیجان قابل توجهی در میان حزب شد

Quelques-uns des oiseaux se hâtèrent de s'éloigner

برخی از پرندگان فورا با عجله رفتند

et un canari appela d'une voix tremblante ses enfants ;

و یک قناری با صدایی لرزان فرزندانش را صدا زد.

« Allez-vous-en, mes chères ! »

"دور شوید، عزیزانم"!

« Il est grand temps que vous soyez tous au lit ! »

"وقت آن رسیده است که همه در رختخواب باشید"!

Avec diverses excuses, ils sont tous partis

با بهانه های مختلف همه رفتند

et Alice se retrouva bientôt seule

و آلیس به زودی تنها ماند

« J'aurais aimé ne pas avoir mentionné Dinah ! »

»ای کاش به دینا اشاره نمی کردم«!

« Personne n'a l'air de l'aimer ici »

"به نظر می رسد هیچ او را اینجا دوست ندارد"

« Mais je suis sûr que c'est la meilleure chatte du monde ! »

"اما من مطمئن هستم که او بهترین گربه جهان است"!

La pauvre Alice se remit à pleurer

آلیس بیچاره دوباره شروع به گریه کرد

parce qu'elle se sentait très seule et déprimée

زیرا او احساس تنهایی و روحیه بسیار پایین می کرد

Au bout de peu de temps, cependant, elle entendit de nouveau quelque chose

با این حال، پس از مدتی، او دوباره چیزی شنید

un petit bruit de pas au loin

کمی صدای پا در دوردست

et elle leva les yeux avec impatience

و با اشتیاق به بالا نگاه کرد

C'était le lapin blanc, qui revenait lentement au trot
این خرگوش سفید بود که دوباره به آرامی به عقب می رفت

Il regardait anxieusement autour de lui en chemin
او در حین رفتن با نگرانی به اطراف نگاه می کرد

Il avait l'air d'avoir perdu quelque chose
به نظر می رسید که چیزی را گم کرده است

Alice l'entendit marmonner pour lui-même
آلیس شنید که او با خودش زمزمه می کند

— La duchesse ! La Duchesse ! Oh, mes chères pattes !
"دوشس إدوشس !آه، پنجه های عزیزم"!

« Oh, ma fourrure et mes moustaches ! »
"اوه، خز و سبیل من"!

« Elle va me faire exécuter, j'en suis sûr »
"او مرا اعدام می کند، من از این موضوع مطمئن هستم"

« Aussi sûr que les furets sont des furets ! »
"به همان اندازه که موش ها موش هستند"!

« Où ai-je pu laisser tomber mes affaires, je me demande ? »
"من تعجب می کنم که کجا می توانم وسایلم را رها کنم؟"

Alice devina en un instant ce qu'il cherchait

آلیس در یک لحظه حدس زد که به دنبال چه چیزی است

Il cherchait l'éventail de plumes

او به دنبال پنکه پر بود

et il cherchait la paire de gants blancs

و او به دنبال یک جفت دستکش سفید بود

Elle se mit donc très gentiment à chercher les gants

بنابراین او بسیار خوش اخلاق شروع به جستجوی دستکش کرد

Et elle chercha aussi l'éventail de plumes

و او هم به دنبال پنکه پر گشت

Mais les gants et l'éventail de plumes étaient introuvables

اما دستکش و پنکه پر در هیچ کجا دیده نمی شد

Tout semblait avoir changé depuis sa baignade dans la piscine

به نظر می رسید همه چیز از زمانی که او در استخر شنا کرده است تغییر کرده است

Rien n'était pareil depuis qu'elle était dans la grande salle

از زمانی که او در سالن بزرگ بود هیچ چیز مثل قبل نبود

et la table de verre avait disparu

و میز شیشه ای ناپدید شده بود

Et la petite porte n'était pas là non plus

و در کوچک هم آنجا نبود

Très vite, le lapin remarqua Alice

خیلی زود خرگوش متوجه آلیس شد

Il l'appela d'un ton furieux

او با لحنی عصبانی او را صدا زد

« Mary Ann, que fais-tu ici ? »

"مری آن، اینجا چه کار می کنی؟"

« Rentre chez toi à l'instant même »

"این لحظه به خانه بدوید"

« Et apporte-moi une paire de gants et un éventail de plumes ! »

"و یک جفت دستکش و یک پنکه پر برای من بیاور"!

« Et faites vite ! »

»و در این مورد سریع باشید«!

Alice se parlait à elle-même en s'enfuyant

آلیس در حالی که فرار می کرد با خودش صحبت کرد

— Il a dû me prendre pour sa femme de chambre !

»حتما مرا با خدمتکارش اشتباه گرفته است«!

« Comme il sera surpris quand il découvrira qui je suis ! »

"چقدر تعجب خواهد کرد وقتی بفهمد من کی هستم"!

En disant cela, elle tomba sur une petite maison soignée

همانطور که این را می گفت، به یک خانه کوچک مرتب برخورد کرد

Sur la porte de la maison se trouvait une plaque de laiton brillant

روی در خانه یک بشقاب برنجی روشن بود

« W. LAPIN »

"دبلیو خرگوش"

Elle entra sans frapper à la porte

او بدون اینکه در را بزند وارد شد

et elle se hâta de monter l'escalier

و او با عجله مستقیم به طبقه بالا رفت

elle craignait de rencontrer la vraie Mary Ann

او نگران بود که ممکن است مری آن واقعی را ملاقات کند

parce qu'alors elle serait chassée de la maison

زیرا در این صورت او را از خانه بیرون می کردند

et elle ne pourrait pas trouver l'éventail de plumes et les gants

و او نمی توانست پنکه پر و دستکش را پیدا کند

Alice s'était frayé un chemin dans une petite pièce bien rangée

آلیس راه خود را به یک اتاق کوچک مرتب پیدا کرده بود

Dans la pièce, il y avait une table près de la fenêtre

در اتاق میزی کنار پنجره بود

et sur la table, il y avait un éventail de plumes

و روی میز یک پنکه پر بود

et il y avait deux ou trois paires de petits gants blancs

و دو یا سه جفت دستکش سفید کوچک وجود داشت

Elle ramassa l'éventail en plumes et une paire de gants

او پنکه پر و یک جفت دستکش را برداشت

et elle allait quitter la pièce

و او تازه می خواست اتاق را ترک کند

mais alors ses yeux tombèrent sur une petite bouteille

اما بعد چشمانش به یک بطری کوچک افتاد

Elle déboucha la bouteille et la porta à ses lèvres

بطری را باز کرد و روی لب هایش گذاشت

« J'espère que cela me fera redevenir grand »

"امیدوارم که دوباره بزرگ شوم"

« J'en ai marre d'être une toute petite chose ! »

"من از اینکه چنین چیز کوچکی هستم خسته شده ام"!

Alice avait à peine bu la moitié de la bouteille

آلیس به سختی نیمی از بطری را نوشیده بود

Sa tête était déjà appuyée contre le plafond

سرش از قبل به سقف فشار آورده بود

et elle dut se baisser

و او مجبور شد خم شود

pour sauver son cou d'être brisé

تا گردنش را از شکستن نجات دهد

Elle posa précipitamment la bouteille

او با عجله بطری را زمین گذاشت

« C'est bien assez »

"این کاملا کافی است"

« J'espère que je ne grandirai plus »

"امیدوارم دیگر رشد نکنم"

Hélas! Il était trop tard pour souhaiter cela !

افسوس !برای آرزو کردن آن خیلی دیر شده بود!

Elle n'a cessé de grandir

او به رشد و رشد ادامه داد

et très vite elle dut s'agenouiller sur le sol

و خیلی زود مجبور شد روی زمین زانو بزند

Et même alors, elle a continué à grandir

و حتی پس از آن او به رشد خود ادامه داد

Comme dernière ressource, elle passa un bras par la fenêtre

به عنوان آخرین منبع، او یک بازوی خود را از پنجره بیرون آورد

et elle mit un pied dans la cheminée

و او یک پا را بالای دودکش گذاشت

« Maintenant, je ne peux plus faire, quoi qu'il arrive »

"حالا دیگر نمی توانم انجام دهم، هر اتفاقی بیفتد"

« Que vais-je devenir ? »

«چه اتفاقی برای من خواهد افتاد؟»

Alice a eu un peu de chance

آلیس یک نقطه شانس داشت

La petite bouteille magique avait fait son plein effet

بطری جادویی کوچک اثر کامل خود را داشت

et Alice ne grandit pas plus qu'elle n'était

و آلیس بزرگتر از او نبود

Au bout de quelques minutes, elle entendit une voix à l'extérieur

بعد از چند دقیقه صدایی را از بیرون شنید

et elle s'arrêta pour écouter la voix

و ایستاد تا به صدا گوش دهد

« Mary Ann ! Mary Ann ! dit la voix

"مری آن ! امری آن "!صدا گفت

« Apporte-moi mes gants tout de suite ! »

"این لحظه دستکش هایم را برای من بیاور"!

Puis vint un petit claquement de pieds dans l'escalier

سپس کمی تکان دادن پاها روی پله ها آمد

Alice savait que c'était le lapin qui venait la chercher

آلیس می دانست که خرگوش است که به دنبال او می آید

et elle trembla jusqu'à faire trembler la maison

و او لرزید تا اینکه خانه را تکان داد

elle oublia tout à fait quelles étaient ses proportions

او کاملا فراموش کرده بود که نسبت هایش چقدر است

Elle était mille fois plus grosse que le lapin

او هزار برابر خرگوش بزرگ تر بود

et elle n'avait aucune raison d'avoir peur d'un lapin

و هیچ دلیلی برای ترس از خرگوش نداشت

Bientôt le lapin s'approcha de la porte

بلافاصله خرگوش به در آمد

et le petit lapin essaya d'ouvrir la porte

و خرگوش کوچولو سعی کرد در را باز کند

La porte a commencé à s'ouvrir vers l'intérieur

در شروع به باز شدن به سمت داخل کرد

mais le coude d'Alice était fortement appuyé contre la porte

اما آرنج آلیس به شدت به در فشار داده شد

Cette tentative s'est avérée un échec

این تلاش شکست خورده بود

Alice entendit le lapin se parler à lui-même

آلیس شنید که خرگوش با خودش صحبت می کند

« Ensuite, je vais faire le tour et entrer par la fenêtre »

"بعد می روم و از پنجره وارد می شوم"

« Que tu ne le feras pas ! » pensa Alice

آلیس فکر کرد» :این کار را نمی کنی«!

Et elle attendit encore un peu

و او دوباره کمی صبر کرد

Bientôt, elle entendit le lapin juste sous la fenêtre

به زودی صدای خرگوش را درست زیر پنجره شنید

Elle étendit soudain la main

ناگهان دستش را دراز کرد

et elle fit une prise en l'air

و او یک قاپ در هوا انجام داد

Elle n'a rien attrapé

او چیزی را به دست نیاورد

mais elle entendit un petit cri et une chute

اما او صدای کمی جیغ و سقوط را شنید

et elle entendit un fracas de verre brisé

و صدای برخورد شیشه های شکسته را شنید

Peut-être le lapin était-il tombé

شاید خرگوش افتاده بود

Peut-être était-il dans une serre

شاید او در یک گلخانه بود

Puis vint une voix en colère ; La voix du lapin

بعد صدایی خشمگین آمد .صدای خرگوش

« Pat, où es-tu ? »

"پت، کجایی؟"

Et puis vint une voix qu'elle n'avait jamais entendue auparavant

و سپس صدایی آمد که قبلا هرگز نشنیده بود

« Votre honneur, je suis là ! »

"عالیجناب، من اینجا هستم"!

« Je creuse pour trouver des pommes »

"من دارم برای سیب حفاری می کنم"

« Ici ! Venez m'aider à m'en sortir !

»اینجا !بیا و به من کمک کن تا از این کار خارج شوم"!

« Maintenant, dis-moi, Pat, qu'est-ce qu'il y a dans la fenêtre ? »

"حالا به من بگو، پت، این چه چیزی در پنجره است؟"

« Bien sûr, Votre Honneur, je vais vous le dire »

"مطمئنا، عالیجناب، من به شما خواهم گفت"

« C'est un bras qui est dans la fenêtre ! »

"این بازویی است که در پنجره است"!

« Eh bien, un bras n'a rien à faire là-bas »

"خوب، یک بازو در آنجا کاری ندارد"

« Va et enlève le bras ! »

»برو و بازو را بردار«!

Il y eut un long silence après cela

پس از این سکوت طولانی برقرار شد

et Alice n'entendait que des chuchotements de temps en temps

و آلیس فقط می توانست هر از گاهی زمزمه ها را بشنود.

et enfin elle étendit de nouveau la main

و سرانجام دوباره دستش را دراز کرد

et elle fit une autre arrachée dans les airs

و او یک قاپ دیگر در هوا انجام داد

Cette fois, il y eut deux petits cris

این بار دو جیغ کوچک شنیده شد

et il y avait d'autres bruits de verre brisé

و صدای شیشه های شکسته بیشتری شنیده می شد

« Je me demande ce qu'ils vont faire ensuite ! » pensa Alice

"من تعجب می کنم که آنها بعد از آن چه خواهند کرد"آلیس فکر کرد

« J'aimerais qu'ils me tirent par la fenêtre »

"ای کاش مرا از پنجره بیرون می کشیدند"

Elle attendit un certain temps

مدتی منتظر ماند

Mais pendant un moment, elle n'entendit plus rien

اما برای مدتی او چیز دیگری نشنید

Enfin, il y eut un grondement de petites roues

سرانجام غرش چرخ های کوچک آمد

et il y eut le son d'un bon nombre de voix

و صدای صداهای زیادی آمد

Toutes les voix parlaient ensemble

همه صداها با هم صحبت می کردند

Elle pouvait distinguer certaines des paroles

او می توانست برخی از کلمات را بفهمد

« Où est l'autre échelle ? »

»نردبان دیگر کجاست؟«

« Bill a l'autre échelle »

"بیل نردبان دیگر را دارد"

« Bill, viens ici ! »

"بیل، بیا اینجا"!

« Le toit va-t-il supporter le fardeau ? »

"آیا سقف بار را تحمل می کند؟"

« Qui veut descendre par la cheminée ? »

"چه کسی می خواهد از دودکش پایین برود؟"

— Non, je ne le ferai pas ! Vous le faites !

»نه، من این کار را نمی کنم اشما انجامش بده"!

« Tiens, Bill ! »

»بفرمایید، بیل«!

« Le maître dit qu'il faut descendre par la cheminée ! »

»ارباب می گوید باید از دودکش پایین بیایی«!

Alice descendit son pied aussi loin qu'elle le put dans la cheminée

آلیس پایش را تا جایی که می توانست از دودکش پایین کشید

Et puis elle attendit de voir ce qui allait arriver

و سپس منتظر ماند تا ببیند چه اتفاقی می افتد

Elle entendit un petit animal gratter et se débattre

او صدای خراشیدن و تقلا حیوان کوچکی را شنید

Le petit animal doit être dans la cheminée

حیوان کوچک باید در دودکش باشد

Puis elle donna un coup de pied sec

سپس او یک ضربه تند زد

et elle attendit de voir ce qui allait se passer ensuite

و منتظر ماند تا ببیند بعد چه اتفاقی می افتد

Elle entendit un chœur général de voix

او یک گروه کر کلی از صداها را شنید

« Voilà Bill ! » dirent-ils tous

همه گفتند: »بیل می رود«!

Puis elle entendit la voix du lapin seule

سپس صدای خرگوش را به تنهایی شنید

« Toi par la haie, attrape-le ! »

"تو کنار پرچین ، او را بگیرید"!

Il y eut un autre moment de silence

یک لحظه دیگر سکوت برقرار شد

Et puis il y eut une autre confusion de voix

و سپس سردرگمی دیگری از صداها ایجاد شد

« Lève la tête, Brandy »

"سرش را بالا بگیر، برندی"

« Attention à ne pas l'étouffer »

"مراقب باشید او را خفه نکنید"

« Qu'est-ce qui t'est arrivé ? »

"چه اتفاقی برای شما افتاد؟"

Enfin, une petite voix faible et grinçante est apparue

آخرین بار صدای کمی ضعیف و جیرجیر آمد

« Eh bien, je n'en sais presque pas plus »

"خوب، من به سختی دیگر نمی دانم"

« merci à tous, je vais mieux maintenant »

"از همه شما متشکرم، من الان بهتر هستم"

« il y a une chose dont je peux me souvenir »

"یک چیز هست که می توانم به یاد بیاورم"

« Quelque chose vient à moi comme un train dans un tunnel »

"چیزی مانند قطار در تونل به سمت من می آید"

« Et je vole comme une fusée ! »

"و من مانند یک موشک آسمانی پرواز می کنم"!

Il y eut une minute ou deux de silence

یکی دو دقیقه سکوت بود

puis ils ont recommencé à se déplacer

و سپس دوباره شروع به حرکت کردند

et Alice entendit de nouveau le Lapin parler

و آلیس دوباره صدای خرگوش را شنید

« Une brouette fera l'affaire, pour commencer »

"یک باروفول این کار را انجام می دهد، برای شروع"

« Une brouette pleine de quoi ? » pensa Alice

"یک بارو از چی؟" آلیس فکر کرد

Mais elle ne fut pas tenue en suspens longtemps

اما او برای مدت طولانی در تعلیق نگه داشته نشد

Une pluie de petits cailloux est passée par la fenêtre

بارانی از سنگریزه های کوچک از پنجره بیرون آمد

et quelques petits cailloux l'ont frappée au visage

و برخی از سنگریزه های کوچک به صورتش برخورد کردند

Alice fut surprise par les petits cailloux

آلیس از سنگریزه های کوچک شگفت زده شد

Tous les petits cailloux se transformaient en gâteaux

همه سنگریزه های کوچک به کیک تبدیل می شدند

et une idée lumineuse lui vint à l'esprit

و یک ایده روشن به ذهنش رسید

« Je devrais manger un de ces gâteaux »

"من باید یکی از این کیک ها را بخورم"

« Le gâteau ne manquera pas de faire changer ma taille »

"کیک مطمئنا تغییراتی در اندازه من ایجاد می کند"

Alors elle a avalé l'un des gâteaux

بنابراین او یکی از کیک ها را قورت داد

et elle fut ravie de constater qu'elle commençait à rétrécir

و خوشحال شد که متوجه شد شروع به کوچک شدن کرده است

Bientôt, elle fut assez petite pour franchir la porte

به زودی آنقدر کوچک شد که بتواند از در عبور کند

Elle s'est enfuie de la maison

او از خانه بیرون دوید

Une foule de petits animaux et d'oiseaux attendaient dehors

جمعیتی از حیوانات و پرندگان کوچک بیرون منتظر بودند

tous les petits oiseaux et les petits animaux se précipitèrent sur Alice

همه پرندگان و حیوانات کوچک به سمت آلیس هجوم آوردند

Mais elle s'enfuit aussi vite qu'elle le put

اما او تا جایی که می توانست سریع فرار کرد

et bientôt elle se trouva en sécurité dans un bois épais

و به زودی خود را در یک جنگل ضخیم در امان یافت

Alice errait dans les bois

آلیس در جنگل سرگردان بود

Et elle pensa en elle-même :

و با خود فکر کرد:

« Je sais ce que je dois faire en premier »

"من می دانم که اول باید چه کاری انجام دهم"

« Je dois d'abord grandir à ma bonne taille »

"ابتدا باید دوباره به اندازه مناسب خود رشد کنم"

« et puis je dois trouver mon chemin dans ce joli jardin »

"و سپس باید راهم را به آن باغ دوست داشتنی پیدا کنم"

« Je suppose que je devrais manger ou boire quelque chose ou autre »

»فکر می کنم باید چیزی بخورم یا بنوشم«

« Mais la question est de savoir ce que je dois manger ou boire ? »

»اما سوال این است که چه بخورم یا بنوشم؟«

Alice regarda tout autour d'elle les fleurs

آلیس به اطراف خود نگاه کرد به گل ها

et elle regarda à travers les brins d'herbe

و از میان تیغه های علف نگاه کرد

mais elle ne voyait rien à manger ni à boire

اما او نمی توانست چیزی برای خوردن یا نوشیدن ببیند

Rien ne semblait être la bonne chose à manger ou à boire

هیچ چیز برای خوردن یا نوشیدن درست به نظر نمی رسید

Il y avait un gros champignon qui poussait près d'elle

قارچ بزرگی در نزدیکی او رشد می کرد

le champignon était à peu près de la même taille qu'Alice

قارچ تقریبا به اندازه ارتفاع آلیس بود

Elle s'étira sur la pointe des pieds

او خود را روی نوک انگشتان پا دراز کرد

Et elle jeta un coup d'œil par-dessus le bord du champignon

و از لبه قارچ نگاه کرد

Ses yeux rencontrèrent immédiatement les yeux d'une grande chenille bleue

چشمانش بلافاصله به چشمان یک کاترپیلار آبی بزرگ برخورد کرد

La chenille était assise sur le sommet du champignon

کاترپیلار بالای قارچ نشسته بود

et la chenille avait croisé tous ses bras

و کاترپیلار تمام بازوهایش را روی هم گذاشته بود

et il fumait tranquillement un long narguilé

و او بی سر و صدا قلیان بلندی می کشید

et il ne faisait pas la moindre attention à rien

و او کوچکترین توجهی به هیچ چیز نکرد

et il n'a certainement pas fait attention à Alice

و او مطمئنا به آلیس توجه نکرد

Les conseils d'une chenille

مشاوره از یک کاترپیلار

Finalement, la chenille a retiré le narguilé de sa bouche

سرانجام کاترپیلار قلیان را از دهانش بیرون آورد

et il s'adressa à Alice d'une voix languissante et endormie

و با صدایی سست و خواب آلود خطاب به آلیس گفت

« Qui es-tu ? » demanda la chenille

«تو کی هستی؟» :کاترپیلار گفت

Alice a répondu, plutôt timidement : « Je sais à peine, monsieur. »

«به سختی می دانم، آقا» :آلیس با خجالت پاسخ داد

« Juste pour le moment, c'est un peu... »

"فقط در حال حاضر همه چیز کمی است"...

« Je sais qui j'étais quand je me suis levé ce matin"

"من می دانم که امروز صبح که از خواب بیدار شدم کی بودم"

« mais je pense que j'ai dû changer plusieurs fois depuis »

"اما فکر می کنم از آن زمان تاکنون باید چندین بار تغییر کرده باشم"

« Qu'est-ce que tu veux dire par là ? » dit la chenille

«منظورت از این چیست؟» :کاترپیلار گفت

sévèrement, la chenille lui demanda de s'expliquer

کاترپیلار با جدیت از او خواست که خودش را توضیح دهد

— Je ne peux pas m'expliquer, j'en ai peur, monsieur, dit
Alice

آلیس گفت» :نمی توانم خودم را توضیح دهم، می ترسم آقا«

« parce que je ne suis pas moi-même »

"چون من خودم نیستم"

« Vous voyez, être de tant de tailles différentes en une
journée, c'est très déroutant »

"می بینید، اندازه های مختلف در یک روز بسیار گیج کننده است"

Elle se redressa et dit très gravement :

خودش را بالا کشید و با جدیت گفت:

« Je pense que tu devrais me dire qui tu es, en premier »

»فکر می کنم اول باید به من بگویی که کی هستی«

« Pourquoi ? » demanda la chenille

کاترپیلار گفت» :چرا؟«

Alice ne voyait aucune bonne raison

آلیس نمی توانست دلیل خوبی پیدا کند

et la chenille semblait être dans un état d'esprit très
désagréable

و به نظر می رسید که کاترپیلار در وضعیت روحی بسیار ناخوشایندی
قرار دارد

alors elle s'en retourna

پس او روی برگرداند

« Reviens ! » la chenille l'appela

"برگرد !کاترپیلار" او را صدا زد

« J'ai quelque chose d'important à dire ! »

"من چیز مهمی برای گفتن دارم"!

Alice se retourna et revint

آلیس برگشت و دوباره برگشت

« Garde ton sang-froid », dit la chenille

کاترپیلار گفت» :عصبانیت را حفظ کن«

— C'est tout ? dit Alice

آلیس گفت» :همین؟«

Et elle ravala sa colère de son mieux

و خشم خود را تا جایی که می توانست قورت داد

« Non, » dit la chenille

كاترپیلار گفت» :نه«

La chenille déplia ses bras

كاترپیلار بازوهایش را باز کرد

Et il retira le narguilé de sa bouche

و دوباره قلیان را از دهانش بیرون آورد

et il a dit : « Vous pensez donc que vous avez changé, n'est-ce pas ? »

و او گفت،" پس شما فکر می کنید که تغییر کرده اید، درست است؟"

— J'ai peur, je suis changée, monsieur, dit Alice

آلیس گفت» :می ترسم، من تغییر کرده ام، آقا«

« Je ne me souviens plus des choses comme je m'en souvenais »

"من نمی توانم چیزهایی را همانطور که قبلا به یاد می آوردم به یاد بیاورم"

« et je ne reste pas plus de dix minutes de la même taille ! »

"و من بیش از ده دقیقه در همان اندازه نمی مانم"!

« Quelle taille veux-tu faire ? » demanda la chenille

"می خواهید چه اندازه ای باشید؟ "کاترپیلار پرسید.

— Oh, ma taille ne me dérange pas particulièrement, répondit vivement Alice

آلیس با عجله پاسخ داد» :اوه، من خیلی مهم نیستم که چه اندازه ای هستم

« Je n'aime pas changer de taille si souvent, vous savez »

"من فقط دوست ندارم اندازه را زیاد تغییر دهم، می دانید"

« J'aimerais être un peu plus grand, monsieur »

»دوست دارم کمی بزرگتر باشم، آقا«

— Si cela ne vous dérange pas, ajouta Alice

آلیس اضافه کرد» :اگر اشکالی ندارد

« Dix centimètres, c'est une taille si misérable »

"ده سانتی متر چنین ارتفاع بدبختی است"

« C'est une très bonne hauteur en effet ! » dit la chenille avec colère

»واقعا ارتفاع بسیار خوبی است «إكاترپیلار با عصبانیت گفت

et il se redressa tout en parlant

و او در حالی که صحبت می کرد خود را راست پرورش داد

Il mesurait exactement dix centimètres de haut

او دقیقا ده سانتی متر قد داشت

Au bout d'une minute ou deux, la chenille s'est détachée du

champignon

در عرض یکی دو دقیقه، کاترپیلار از قارچ پایین آمد

et il s'enfonça en rampant dans l'herbe

و او به داخل چمن ها خزید

En s'éloignant, il fit quelques petites remarques

همانطور که می رفت، اظهارات کوچکی کرد

« Un côté vous fera grandir »

"یک طرف شما را بلندتر می کند"

« Et l'autre côté te fera rapetisser »

"و طرف دیگر شما را کوتاه تر می کند"

« Un côté de quoi ? » pensa Alice en elle-même

"یک طرف چی؟ "آلیس با خود فکر کرد

« L'autre côté de quoi ? »

»طرف دیگر چی؟«

« Le côté du champignon », dit la chenille

"کاترپیلار گفت" :کنار قارچ

C'était comme si elle avait posé sa question à haute voix

انگار سؤالش را با صدای بلند پرسیده بود

et un instant plus tard, il fut hors de vue

و در لحظه ای دیگر، او از دید خارج شد

Alice resta pensivement à regarder le champignon

آلیس همچنان متفکرانه به قارچ نگاه می کرد

Elle essayait de distinguer quels étaient les deux côtés du
champignon

او سعی می کرد بفهمد دو طرف قارچ کدام است

Enfin, elle étendit ses bras autour du champignon

بالاخره دستانش را دور قارچ دراز کرد

Et elle cassa un peu les bords

و او کمی از لبه ها را قطع کرد

« Et maintenant, de quel côté est-ce ? » se dit-elle

»و حالا، کدام طرف است؟ «با خودش گفت

et elle grignota un peu du mors de la main droite

و کمی از دست راست را گاز گرفت

L'instant d'après, elle sentit un violent coup sous son
menton

لحظه بعد ضربه شدیدی را زیر چانه اش احساس کرد

Son menton avait heurté son pied !

چانه اش به پایش برخورد کرده بود!

Elle fut bien effrayée par ce changement très soudain

او از این تغییر ناگهانی بسیار ترسیده بود

Elle rétrécissait très rapidement

او خیلی سریع کوچک می شد

Alors elle a rapidement mangé un peu de l'autre morceau de champignon

بنابراین او به سرعت مقداری از قارچ دیگر را خورد

Son menton était très serré contre son pied

چانه اش خیلی محکم به پایش فشار داده شده بود

Il y avait à peine de la place pour ouvrir la bouche

به سختی جایی برای باز کردن دهانش وجود داشت

mais elle parvint enfin à ouvrir la bouche

اما بالاخره موفق شد دهانش را باز کند

et elle avala un morceau du mors de la main gauche

و لقمه ای از تکه دست چپ را قورت داد

« Ma tête a enfin été libérée ! » dit Alice

آلیس گفت» :سرم بالاخره آزاد شد«!

Elle baissa les yeux sur elle-même

او به خودش نگاه کرد

mais tout ce qu'elle pouvait voir, c'était une immense longueur de cou

اما تنها چیزی که می توانست ببیند طول بسیار زیاد گردن بود

Son cou semblait se dresser comme une tige

به نظر می رسید گردنش مانند ساقه بالا می رود

et elle baissa les yeux sur une mer de feuilles vertes

و به دریایی از برگ های سبز نگاه کرد

« Où sont passées mes épaules ? »

"شانه هایم به کجا رسیده اند؟"

« Et oh, mes pauvres mains, comment se fait-il que je ne puisse pas vous voir ? »

»و اوه، دستان بیچاره من، چطور است که نمی توانم تو را ببینم؟«

Mais son cou avait un avantage

اما گردن او یک فایده داشت

Elle pouvait bouger la tête dans n'importe quelle direction

او می توانست سرش را به هر سمتی حرکت دهد

En fait, elle était comme un serpent

در واقع، او درست مانند مار بود

Elle zigzague gracieusement, la tête baissée

او با ظرافت سرش را زیگزاگ کرد

et elle remua la tête à travers les arbres

و سرش را از میان درختان حرکت داد

Mais elle entendit alors un sifflement aigu

اما بعد صدای خش خش تندی شنید

Et elle tira rapidement la tête en arrière

و او به سرعت سرش را به عقب کشید

Un gros pigeon lui avait volé au visage

یک کبوتر بزرگ به صورتش پرواز کرده بود

et le pigeon était violemment avec ses ailes

و کبوتر با بال هایش به شدت بود

« Serpent ! » cria le pigeon

کبوتر فریاد زد» :مار»!

« Je ne suis pas un serpent ! » dit Alice avec indignation

آلیس با عصبانیت گفت» :من مار نیستم»!

« Laisse-moi tranquille ! »

"مرا تنها بگذار"!

« J'ai essayé les racines des arbres »

"من ریشه درختان را امتحان کرده ام"

— Et j'ai essayé des haies, continua le pigeon

کبوتر ادامه داد» :و من پرچین ها را امتحان کرده ام«

« Mais ces serpents ! Il n'y a pas moyen de leur plaire !

»اما آن مارها !هیچ خشنود آنها نیست«!

Alice était de plus en plus perplexe

آلیس بیشتر و بیشتر گیج شد

« Comme si ce n'était pas assez compliqué de faire éclore les œufs », a déclaré le pigeon

کبوتر گفت» :انگار جوجه ریزی تخم ها به اندازه کافی مشکل نداشت

« Nuit et jour, je dois aussi faire attention aux serpents ! »

»شب و روز هم باید مراقب مارها باشم«!

« Je venais de trouver l'arbre le plus haut de la forêt »

"من به تازگی بلندترین درخت جنگل را پیدا کرده بودم"

« Je serais sûrement libre des serpents ici ? »

»مطمئنا اینجا از مار ها آزاد خواهم شد؟«

« Et un serpent sort du ciel ! »

"و ماری از آسمان بیرون می آید"!

« Mais je ne suis pas un serpent, je vous le dis ! » dit Alice

آلیس گفت» :اما من مار نیستم، به شما می گویم«!

"Je suis un... Je suis un... Je suis une petite fille, ajouta-t-elle d'un air un peu dubitatif

"من ...من یک ... من یک دختر کوچک هستم «.او با تردید اضافه کرد

Après tout, elle avait traversé beaucoup de changements

بالاخره او تغییرات زیادی را پشت سر گذاشته بود

« Tu cherches des œufs », dit le pigeon

کبوتر گفت» :تو به دنبال تخم مرغ هستی

« Je le sais pertinemment »

"من این را به عنوان یک واقعیت می دانم"

« Et qu'importe que vous soyez une petite fille ou un serpent ? »

»و چه فرقی می کند که دختر بچه ای باشی یا مار؟«

— Cela m'importe beaucoup, dit Alice à la hâte

آلیس با عجله گفت» :برای من خیلی مهم است

« mais je ne cherche pas d'œufs, en l'occurrence »

"اما من به دنبال تخم مرغ نیستم، همانطور که اتفاق می افتد"

« et je ne voudrais pas de tes œufs de toute façon »

"و به هر حال من تخم مرغ های شما را نمی خواهم"

« Je n'aime pas mes œufs crus »

"من تخم مرغ هایم را خام دوست ندارم"

« Eh bien, allez-vous-en ! » dit le pigeon d'un ton boudeur

»خوب، پس برو «اِکبوتر با لحنی عبوس گفت

et le pigeon se posa de nouveau dans son nid

و کبوتر دوباره در لانه اش مستقر شد

Alice s'accroupit parmi les arbres du mieux qu'elle put

آلیس تا جایی که می توانست در میان درختان خم شد

Son cou ne cessait de s'emmêler parmi les branches

گردنش مدام بین شاخه ها گره می خورد

De temps en temps, elle devait s'arrêter et se tordre le cou

هر از چند گاهی مجبور بود بایستد و گردنش را باز کند

Au bout d'un moment, elle se souvint du champignon

بعد از مدتی قارچ را به یاد آورد

Elle tenait toujours les morceaux de champignon dans ses
mains

او هنوز تکه های قارچ را در دستانش نگه داشته بود

et elle se mit à l'œuvre avec beaucoup de soin

و او شروع به کار کرد با دقت

D'abord, elle a grignoté un morceau

ابتدا او یک تکه را گاز گرفت

puis elle grignota l'autre morceau

و سپس قطعه دیگر را گاز گرفت

Parfois, elle grandissait

گاهی بلندتر می شد

et parfois elle devenait plus petite

و گاهی کوتاه تر می شد

Mais finalement, elle a atteint sa taille habituelle

اما سرانجام به قد معمول خود رسید

Elle n'avait pas été de sa taille depuis un certain temps

مدتی بود که قد خودش نبود

Tout m'a semblé étrange pendant un moment

بنابراین برای مدتی همه چیز عجیب به نظر می رسید

« La prochaine chose à faire est d'entrer dans ce beau
jardin »

"کار بعدی این است که وارد آن باغ زیبا شوید"

« Comment cela se fera-t-il, je me demande ? »

»تعجب می کنم که چگونه باید این کار را انجام داد؟«

En disant cela, elle tomba sur un endroit ouvert

همانطور که این را می گفت، به یک مکان باز برخورد کرد

Il y avait une petite maison, un peu plus haute qu'un mètre

خانه کوچکی بود، کمی بالاتر از یک متر

« Je me demande qui habite cette petite maison »

"من تعجب می کنم که چه کسی در این خانه کوچک زندگی می کند"

« Je ne peux certainement pas y aller aussi grand que je le suis »

"من مطمئناً نمی توانم به بزرگی خودم وارد شوم"

« Je les effrayerais terriblement ! »

"من آنها را به طرز وحشتناکی می ترساندم"!

alors elle grignota à nouveau le petit champignon

بنابراین او دوباره قارچ کوچک را گاز گرفت

et bientôt elle s'abaissa de trente centimètres

و به زودی خودش را سی سانتی متر پایین آورد

Pendant une minute ou deux, elle resta à regarder la maison
یکی دو دقیقه ایستاد و به خانه نگاه کرد

Soudain, un valet de pied sortit en courant des bois
ناگهان یک پیاده دوان از جنگل بیرون آمد

Il portait un uniforme de livrée spécial
او لباس مخصوص پوشیده بود

à en juger par son seul visage, elle l'aurait traité de poisson
فقط با قضاوت بر اساس چهره او، او را ماهی صدا می کرد

et il frappa bruyamment à la porte avec ses jointures
و با انگشتانش با صدای بلند به در ضربه زد

La porte fut ouverte par un autre valet de pied
در توسط پیاده دیگری باز شد

Ce valet de pied portait également une livrée spéciale
این پیاده نیز لباس خاصی پوشیده بود

Ce valet de pied avait un visage rond et de grands yeux
comme une grenouille
این پیاده صورت گرد و چشمان درشت مانند قورباغه داشت

C'est le valet de pied qui ressemblait à un poisson qui a initié la cérémonie

پیاده ای که شبیه ماهی بود مراسم را آغاز کرد

Il sortit quelque chose de sous son bras

او چیزی را از زیر بغلش بیرون آورد

et il tira de dessous son bras une enveloppe

و پاکتی را از زیر بغلش بیرون آورد

et cette enveloppe, il la remit à l'autre valet de pied

و این پاکت را به پیاده دیگر داد

D'un ton cérémoniel, il lui donna les ordres

با لحنی تشریفاتی دستورات را به او گفت

« Ce message s'adresse à la duchesse »

"این پیام برای دوشس است"

« Une invitation de la reine à jouer au croquet »

"دعوتی از ملکه برای بازی کروکت"

Le valet de pied qui ressemblait à une grenouille répéta l'ordre

پیاده ای که شبیه قورباغه بود دستور را تکرار کرد

« De la reine »

"از ملکه"

« Une invitation »

"یک دعوت"

« pour la duchesse »

"برای دوشس"

« Jouer au croquet »

"بازی کروکت"

Puis ils s'inclinèrent tous les deux

سپس هر دو تعظیم کردند

et les boucles de leurs perruques s'emmêlèrent

و فرهای کلاه گیس هایشان به هم گره خورد

Bientôt, le valet de pied qui ressemblait à un poisson a disparu

به زودی پیاده ای که شبیه ماهی بود از بین رفت

Mais le valet de pied qui ressemblait à une grenouille était toujours là

اما پیاده ای که شبیه قورباغه بود هنوز آنجا بود

Il était assis par terre près de la porte

او روی زمین نزدیک در نشسته بود

Il regardait bêtement le ciel

او احمقانه به آسمان خیره شده بود

Alice s'approcha timidement de la porte et frappa

آلیس با ترس به سمت در رفت و در زد

— Il ne sert à rien de frapper, dit le valet de pied

پیاده گفت» :در زدن فایده ای ندارد

« Et ce, pour deux raisons »

"و این به دو دلیل است"

« D'abord, parce que je suis du même côté de la porte que toi »

"اول، چون من در همان طرف در هستم که شما هستید"

« Deuxièmement, parce qu'ils font tellement de bruit à l'intérieur »

"ثانیا، به این دلیل که آنها در داخل سر و صدای زیادی ایجاد می کنند"

« Personne ne pouvait vous entendre »

"هیچ نمی تواند صدای شما را بشنود"

Et il y avait certainement un bruit des plus extraordinaires à l'intérieur

و مطمئنا سر و صدای فوق العاده ای در درون وجود داشت

des hurlements et des éternuements constants

زوزه و عطسه مداوم

et de temps en temps un bruit de grand fracas

و هر از گاهی صدای تصادف بزرگ

comme si un plat ou une bouilloire avait été brisé en morceaux

گویی ظرف یا کتری تکه تکه شده است

« Comment vais-je entrer ? » demanda Alice

آلیس پرسید» :چطور وارد شوم؟«

— Faut-il que tu entres ? dit le valet de pied

پیاده گفت» :اصلا باید سوار شوید؟«

« C'est la première question, vous savez »

"این اولین سوال است، می دانید"

Alice ouvrit la porte et entra

آلیس در را باز کرد و وارد شد

La porte menait directement à une grande cuisine

در درست به یک آشپزخانه بزرگ منتهی می شد

La cuisine était pleine de fumée d'un bout à l'autre

آشپزخانه از یک سر تا سر دیگر پر از دود بود

au milieu de la cuisine se trouvait la duchesse

در وسط آشپزخانه دوشس بود

Elle était assise sur un tabouret à trois pieds

او روی چهارپایه سه پا نشسته بود

et elle allaitait un bébé

و او به یک نوزاد شیر می داد

Le cuisinier était penché au-dessus du feu

آشپز روی آتش تکیه داده بود

Il remuait un grand chaudron

او یک کالدرون بزرگ را تکان می داد

et le chaudron semblait être plein de soupe

و به نظر می رسید کالدرون پر از سوپ است

« Il y a certainement trop de poivre dans cette soupe ! » Alice se dit

"مطمئنا فلفل زیادی در آن سوپ وجود دارد "إآلیس با خودش گفت

Elle l'a dit du mieux qu'elle a pu sans éternuer

او این را به بهترین شکل ممکن بدون عطسه گفت

Même la duchesse éternuait de temps en temps

حتی دوشس نیز گهگاه عطسه می کرد

Mais les actions du bébé étaient les plus remarquables

اما اقدامات نوزاد قابل توجه ترین بود

Le bébé éternuait et hurlait alternativement

نوزاد به طور متناوب عطسه می کرد و زوزه می کشید

Il n'y avait pas un instant de pause entre les hurlements et les éternuements

لحظه ای مکث بین زوزه کشیدن و عطسه وجود نداشت

Il y avait deux créatures dans la cuisine qui n'éternuaient pas

دو موجود در آشپزخانه بودند که عطسه نمی کردند

Le cuisinier était trop occupé pour éternuer

آشپز آنقدر شلوغ بود که نمی توانست عطسه کند

et le gros chat ne semblait pas se soucier du poivre

و به نظر می رسید که گربه بزرگ به فلفل اهمیتی نمی دهد

Au lieu de cela, le gros chat souriait d'une oreille à l'autre

در عوض، گربه بزرگ از گوش به گوش پوزخند می زد

— Pourriez-vous me le dire, s'il vous plaît, dit Alice un peu timidement

آلیس کمی ترسو گفت« :لطفا به من بگویید

« Pourquoi ton chat sourit-il comme ça ? »

"چرا گربه شما اینطور لبخند می زند؟"

« C'est un Cheshire-Cat, » dit la duchesse

دوشس گفت" :این یک گربه چشایر است

« Et c'est pourquoi il sourit d'une oreille à l'autre »

"و به همین دلیل است که او از گوش به گوش لبخند می زند"

« Je ne savais pas qu'un Cheshire-Cat souriait toujours »

"من نمی دانستم که یک گربه چشایر همیشه پوزخند می زند"

« En fait, je ne savais pas que les chats pouvaient sourire », a déclaré Alice

آلیس گفت" :در واقع، من نمی دانستم که گربه ها می توانند پوزخند بزنند

— Il y a beaucoup de choses que vous ne savez pas, dit la duchesse

دوشس گفت" :چیزهای زیادی وجود دارد که شما نمی دانید"

« Il y a beaucoup de choses que vous ne savez pas et c'est un fait »

"چیزهای زیادی وجود دارد که شما نمی دانید و این یک واقعیت است"

Juste à ce moment-là, le cuisinier retira le chaudron de soupe du feu

درست در همان لحظه آشپز کالدرون سوپ را از روی آتش برداشت.

et aussitôt, elle commença à jeter tout ce qui était à sa portée

و بلافاصله شروع به پرتاب همه چیز در دستش کرد

elle jeta tout ce qu'elle put sur la duchesse et le bébé

او هر چه می توانست به سمت دوشس و نوزاد پرتاب کرد

D'abord, elle jeta les fers à feu

ابتدا آهن های آتش را پرتاب کرد

Puis elle a jeté une poignée de casseroles

سپس یک مشت قابلمه پرتاب کرد

et enfin elle jeta les assiettes et les plats

و بالاخره بشقاب ها و ظروف را پرت کرد

La duchesse ne fit pas attention à elle

دوشس توجهی به او نکرد

Même lorsqu'elle a été frappée par une assiette, elle ne s'est pas inquiétée

حتی زمانی که بشقاب به او برخورد می کرد، نگران نبود

Le bébé hurlait déjà tellement

بچه قبلا خیلی زوزه می کشید

Il était donc impossible de dire si les coups blessaient le bébé ou non

بنابراین نمی توان گفت که آیا ضربات به نوزاد آسیب می رساند یا نه

« Oh, je vous en prie, faites attention à ce que vous faites ! » s'écria Alice

آلیس فریاد زد» :اوه، لطفا مراقب باشید چه کاری انجام می دهید«!

et elle sautait de haut en bas dans une agonie de terreur

و او با عذاب وحشت بالا و پایین پرید

la duchesse offrit le bébé à Alice

دوشس نوزاد را به آلیس پیشنهاد کرد

« Ici ! Tu peux allaiter un peu le bébé, si tu veux ! »

»اینجا !اگر دوست دارید می توانید کمی از بچه شیر بدهید«!

et elle lui lança l'enfant tout en parlant

و در حالی که صحبت می کرد نوزاد را به سمت او پرت کرد

« Je dois aller me préparer à jouer au croquet avec la reine »

"من باید بروم و برای بازی کروکت با ملکه آماده شوم"

et elle se hâta de sortir de la chambre

و او با عجله از اتاق بیرون رفت

Alice attrapa le bébé avec quelque difficulté

آلیس نوزاد را با کمی مشکل گرفت

parce que c'était une petite créature de forme très étrange

زیرا موجودی کوچک بسیار عجیب و غریب بود

et l'enfant tendit les bras et les jambes dans toutes les directions

و نوزاد دست ها و پاهایش را از همه جهات دراز کرد

« Je ferais mieux d'emmener cet enfant avec moi », pensa Alice

آلیس فکر کرد» :بهتر است این بچه را با خودم ببرم«

« Ils sont sûrs de tuer ce bébé dans un jour ou deux »

"آنها مطمئنا این نوزاد را در یک یا دو روز می کشند"

« Ne serait-ce pas un meurtre de laisser ce bébé derrière soi ? »

"آیا این قتل نیست که این بچه را پشت سر بگذاریم؟"

Elle prononça les derniers mots à haute voix

او آخرین کلمات را با صدای بلند گفت

Et la petite créature grogna en réponse

و چیز کوچک در پاسخ غرغر کرد

« Tu ferais mieux de ne pas te transformer en cochon, ma chère, » dit Alice

آلیس گفت» :بهتر است خوک نشی، عزیزم«

« ou alors je n'aurai plus rien à faire avec toi »

"وگرنه دیگر کاری با تو نخواهم داشت"

Alice commençait à peine à penser en elle-même :

آلیس تازه شروع به فکر کردن با خودش کرده بود:

« Maintenant, que vais-je faire de cette créature, quand je la ramène à la maison ? »

»حالا، وقتی به خانه می برم، با این موجود چه کار کنم؟«

Mais alors la petite créature grogna un peu violemment

اما بعد موجود کوچک کمی با خشونت غرغر کرد

et Alice baissa les yeux sur son visage avec une certaine inquiétude

و آلیس با کمی هشدار به صورتش نگاه کرد

Cette fois, il ne pouvait y avoir d'erreur à ce sujet

این بار هیچ اشتباهی در مورد آن وجود نداشت

Ce n'était ni plus ni moins qu'un cochon

نه بیشتر بود و نه کمتر از یک خوک

alors elle déposa la petite créature

بنابراین او موجود کوچک را زمین گذاشت

et la petite créature s'éloigna tranquillement dans le bois

و موجود کوچک بی سر و صدا به داخل جنگل می رود

Alice se sentit tout à fait soulagée de voir la créature partir

آلیس از دیدن رفتن این موجود کاملا احساس راحتی کرد

Alice fut un peu surprise en voyant le Chat-Cheshire

آلیس با دیدن گربه چشایر کمی مبهوت شد

Il était assis sur une branche d'arbre à quelques mètres de là

چند یارد دورتر روی شاخه ای از درختی نشسته بود

Le chat ne sourit que lorsqu'il la vit

گربه فقط وقتی او را دید پوزخند زد

« Chat du Cheshire », commença Alice un peu timidement

آلیس با ترس شروع کرد» :گربه چشایر«

« Pourriez-vous s'il vous plaît me dire dans quelle direction je dois aller à partir d'ici ? »

»لطفا به من بگویید که از اینجا به کدام سمت باید بروم؟«

« Dans cette direction », dit le chat

"در آن جهت" :گفت گربه

et il agita la patte droite

و پنجه سمت راست را به اطراف تکان داد

« C'est dans cette direction que vit un fabricant de chapeaux »

"در آن جهت یک سازنده کلاه زندگی می کند"

puis le chat agita son autre patte

و سپس گربه پنجه دیگرش را تکان داد

« Et dans cette direction vit un lièvre de marche »

"و در آن جهت یک خرگوش مارس زندگی می کند"

« Visitez l'un ou l'autre de vos goûts ; Ils sont tous les deux fous"

"هر کدام را دوست دارید ملاقات کنید . هر دو دیوانه هستند"

— Mais je ne veux pas aller parmi des fous, remarqua Alice

»اما من نمی خواهم به میان آدم های دیوانه بروم« :آلیس اظهار داشت

« Oh, tu ne peux pas t'en empêcher, » dit le Chat

"اوه، شما نمی توانید جلوی آن را بگیرید" :گفت گربه

« Nous sommes tous fous ici »

"همه ما اینجا عصبانی هستیم"

« Tu joues au croquet avec la reine aujourd'hui ? »

"آیا امروز با ملکه کروکت بازی می کنی؟"

— J'aimerais beaucoup, dit Alice

»خیلی دوست دارم« :گفت آلیس

« mais je n'ai pas encore été invité »

"اما من هنوز دعوت نشده ام"

« Tu me verras là-bas », dit le Chat

»مرا آنجا خواهی دید« :گفت گربه

et d'un instant à l'autre le chat disparaissait

و از یک لحظه به لحظه دیگر گربه ناپدید شد

bientôt Alice arriva en vue de la maison du lièvre de marche

به زودی آلیس به خانه خرگوش راهپیمایی رسید

C'était une très grande maison

این خانه بسیار بزرگی بود

alors Alice ne voulait pas s'approcher de la maison

بنابراین آلیس نمی خواست به خانه نزدیک شود

D'abord, elle a dû grignoter un peu plus du morceau de champignon du côté gauche

ابتدا او مجبور شد مقداری بیشتر از قارچ سمت چپ را گاز بگیرد

Un thé fou

یک مهمانی چای دیوانه

Devant la maison, il y avait un arbre

جلوی خانه درختی بود

et sous l'arbre, il y avait une table

و زیر درخت یک میز بود

et la table était dressée avec toutes sortes de couverts

و میز با انواع کارد و چنگال چیده شده بود

Le lièvre de mars et le chapelier étaient à table

خرگوش مارس و کلاه ساز پشت میز بودند

et ensemble ils prenaient le thé

و با هم در حال نوشیدن چای بودند

Un loir était assis entre eux

یک موش در بین آنها نشسته بود

et le loir dormait profondément

و موش بزرگ به خواب رفته بود

La table était d'une taille extraordinaire

میز از اندازه فوق العاده ای برخوردار بود

mais la majeure partie de la table était inoccupée

اما بیشتر میز خالی بود

Ils étaient assis serrés les uns contre les autres dans un coin de la table

آنها در گوشه ای از میز با هم شلوغ نشستند

et pourtant ils s'excusaient quand ils voyaient Alice

و با این حال با دیدن آلیس بهانه آوردند

« Pas de place ! Pas de place ! » crièrent-ils

«جا نیست! جا نیست!» آنها فریاد زدند

« Il y a beaucoup de place ! » dit Alice avec indignation

آلیس با عصبانیت گفت: «فضای زیادی وجود دارد!»

À l'une des extrémités de la table, il y avait un grand
fauteuil

در یک انتهای میز یک صندلی راحتی بزرگ قرار داشت

et Alice s'assit dans le fauteuil

و آلیس خودش روی صندلی راحتی نشست

Le chapelier ouvrit de grands yeux

کلاه ساز چشمانش را بسیار باز کرد

Il n'arrivait pas à croire ce qu'il voyait

او نمی توانست آنچه را که می دید باور کند

Mais son esprit était curieux d'autres choses

اما ذهنش در مورد چیزهای دیگر کنجکاو بود

« Pourquoi un corbeau est-il comme un bureau ? »

»چرا کلاغ مانند میز تحریر است؟«

Alice était prête à relever le défi

آلیس برای این چالش باز بود

« Je suis content qu'ils aient commencé à poser des
énigmes »

"خوشحالم که آنها شروع به پرسیدن معما کرده اند"

— Je crois que je peux le deviner, ajouta-t-elle à haute voix

او با صدای بلند اضافه کرد" :من معتقدم که می توانم حدس بزنم

Le lièvre de mars s'est curieux de connaître Alice

خرگوش راهپیمایی در مورد آلیس کنجکاو شد

« Pensez-vous vraiment que vous pouvez trouver la réponse
? »

"آیا واقعا فکر می کنی می توانی جواب را پیدا کنی؟"

— Je crois que je peux trouver la réponse, en effet, dit Alice

آلیس گفت» :فکر می کنم واقعا می توانم پاسخ را پیدا کنم

« Alors, tu devrais dire ce que tu veux dire », continua le
lièvre de marche

خرگوش راهپیمایی ادامه داد» :پس باید منظورت را بگویی«

— Je dis ce que je pense, répondit vivement Alice

آلیس با عجله پاسخ داد» :منظورم را می گویم

« à tout le moins, je pense ce que je dis »

"حداقل منظورم همان چیزی است که می گویم"

« C'est la même chose, vous savez »

"این همان چیز است، می دانید"

Le loir a également contribué à la conversation

دورموس نیز به مکالمه کمک کرد

mais le loir semblait parler dans son sommeil

اما به نظر می رسید که موش در خواب صحبت می کند

« Je respire quand je dors »

"وقتی می خوابم نفس می کشم"

« Je dors quand je respire ! »

"وقتی نفس می کشم می خوابم"!

« Autant dire qu'ils sont les mêmes aussi »

"شما هم می توانید بگویید که آنها هم همینطور هستند"

« C'est la même chose pour toi », dit le chapelier

کلاه ساز گفت» :در مورد شما هم همینطور است

Et il versa un peu de thé sur le nez du loir

و کمی چای روی بینی خوابگاه ریخت

Le Loir secoua la tête avec impatience

موش بی صبرانه سرش را تکان داد

et le loir parla de nouveau, sans ouvrir les yeux

و دوباره موش پشتی بدون اینکه چشمانش را باز کند صحبت کرد

« Bien sûr, bien sûr que c'est la même chose »

"البته، البته که همینطور است"

« C'est juste ce que j'allais dire moi-même »

"این دقیقا همان چیزی است که من خودم می خواستم بگویم"

Le chapelier se tourna vers Alice et lui posa une autre question

کلاه ساز رو به آلیس کرد و سوال دیگری پرسید

« As-tu déjà deviné l'énigme ? »

»هنوز معما را حدس زده ای؟«

« Non, j'abandonne », a concédé Alice

»نه، تسلیم می شوم« :آلیس اذعان کرد

« Quelle est la réponse ? » voulait-elle savoir

"او می خواست بداند "پاسخ چیست؟

— Je n'en ai pas la moindre idée, dit le chapelier

"کلاه ساز گفت" :من کوچکترین ایده ای ندارم

« Moi non plus, » dit le lièvre de marche

»من هم نمی دانم« :خرگوش راهپیمایی گفت

Alice poussa un soupir de lassitude

آلیس آهی خسته کرد

« Il y a de meilleures utilisations du temps que des énigmes sans réponses »

"استفاده بهتر از زمان از معماهای بدون پاسخ وجود دارد"

« Prends encore du thé », dit le lièvre de marche à Alice, très sérieusement

»کمی چای دیگر بخور« :خرگوش راهپیمایی با جدیت به آلیس گفت

Alice était assez offensée par l'offre

آلیس از این پیشنهاد کاملا آزرده شد

— Je n'ai pas encore pris de thé, répondit Alice

»من هنوز چای نخورده ام« :آلیس پاسخ داد

« donc je ne peux plus prendre de thé »

"بنابراین دیگر نمی توانم چای بخورم"

— Vous voulez dire que vous ne pouvez pas prendre moins de thé, dit le chapelier

»منظورت این است که نمی توانی چای کمتری بنوشی« :کلاه ساز گفت

« C'est très facile de prendre plus que rien »

"گرفتن بیش از هیچ بسیار آسان است"

À ces mots, Alice se leva et s'en alla

در این حالت، آلیس بلند شد و رفت

Le loir s'endormit instantanément

موش دوری فورا به خواب رفت

et ni l'un ni l'autre ne firent la moindre attention à son

départ

و هیچ یک از دیگران کوچکترین توجهی به رفتن او نکردند

bien qu'elle ait regardé en arrière une ou deux fois

گرچه یکی دو بار به عقب نگاه کرد

Ils essayaient de mettre le loir dans la théière

آنها سعی می کردند موش را در قوری چای بگذارند

« En tout cas, je n'y retournerai plus ! » dit Alice

آلیس گفت» :به هر حال، دیگر هرگز به آنجا نخواهم رفت«!

et elle se fraya un chemin à travers les bois

و او راه خود را از میان جنگل عبور کرد

« c'était le thé le plus stupide auquel j'aie jamais assisté »

"این احمقانه ترین مهمانی چای بود که تا به حال در آن شرکت کرده ام"

Juste au moment où elle disait cela, elle remarqua quelque chose

درست همانطور که این را گفت، متوجه چیزی شد

L'un des arbres avait une porte qui y menait directement

یکی از درختان دری داشت که مستقیما به آن منتهی می شد

« C'est très intéressant ! » a-t-elle pensé

"این خیلی جالب است "!او فکر کرد

« Je pense que je peux aussi bien passer la porte »

"فکر می کنم بهتر است از در عبور کنم"

Et elle passa par la porte

و از در رفت

Une fois de plus, elle se retrouva dans le long couloir

یک بار دیگر خود را در سالن طولانی یافت

de nouveau, elle était près de la petite table de verre

دوباره به میز شیشه ای کوچک نزدیک شد

Elle prit la petite clé d'or

او کلید طلایی کوچک را برداشت

et elle ouvrit la porte qui donnait sur le jardin

و قفل دری را که به باغ منتهی می شد باز کرد

Puis elle s'est mise au travail pour grignoter le champignon

سپس او شروع به کار کرد و قارچ را نیش زد

Elle avait gardé un morceau du champignon dans sa poche

او یک تکه از قارچ را در جیبش نگه داشته بود

Et finalement, elle mesurait environ un mètre

و بالاخره او حدود یک متر قد داشت

Puis elle descendit le petit couloir

سپس در راهرو کوچک قدم زد

Et puis elle s'est finalement retrouvée dans le magnifique jardin

و سپس بالاخره خود را در باغ زیبا یافت

et elle était parmi les fleurs brillantes et les fontaines fraîches

و او در میان گل های روشن و چشمه های خنک بود

Le terrain de croquet de la reine

زمین کروکت ملکه

Un grand rosier se dressait près de l'entrée du jardin

یک درخت گل رز بزرگ نزدیک ورودی باغ ایستاده بود

Les roses qui poussaient sur l'arbre étaient blanches

گل های رز که روی درخت رشد می کردند سفید بودند

Mais il y avait trois jardiniers qui peignaient la rose

اما سه باغبان بودند که گل رز را نقاشی می کردند

Ils étaient occupés à peindre les roses en rouge

آنها مشغول رنگ آمیزی گل رز به رنگ قرمز بودند

et Alice les regardait peindre les roses en rouge

و آلیس آنها را تماشا می کرد که گل های رز را قرمز رنگ می کردند

et soudain leurs yeux tombèrent par hasard sur Alice

و ناگهان چشمانشان به آلیس افتاد

Alice parlait un peu timidement

آلیس کمی ترسو صحبت کرد

« Pourriez-vous me le dire, s'il vous plaît ? »

»لطفا به من بگویید«.

« Pourquoi peignez-vous tous ces roses ? »

"چرا همه شما آن گل های رز را نقاشی می کنید؟"

cinq et sept ne dirent rien, mais regardèrent deux

پنج و هفت چیزی نگفتند، اما به دو نفر نگاه کردند

deux d'entre eux parlèrent à voix basse

دو نفر با صدای آهسته صحبت کردند

— Eh bien, le fait est, voyez-vous, madame.

"چرا، واقعیت این است که می بینید، خانم"

« Celui-ci aurait dû être un rosier rouge »

"این اینجا باید یک درخت گل رز قرمز باشد"

« Et nous avons mis un rosier blanc par erreur »

"و ما به اشتباه یک درخت گل رز سفید گذاشتیم"

« Comme vous en conviendrez, la reine ne doit pas le découvrir »

"همانطور که موافق هستید، ملکه نباید بفهمد"

« Sinon, nous aurions tous la tête tranchée »

"در غیر این صورت همه ما سرمان را قطع می کردیم"

« Alors vous voyez, madame, nous faisons de notre mieux »

"پس می بینید، خانم، ما تمام تلاش خود را می کنیم"

La cinquième carte avait regardé anxieusement à travers le jardin

کارت پنج با نگرانی به آن سوی باغ نگاه می کرد

À ce moment, la cinquième carte cria : « La dame ! La reine !

در این لحظه کارت پنج صدا زد" :ملکه إملکه"!

Et les trois jardiniers s'enfuirent aussitôt

و سه باغبان فورا فرار کردند

et ils se jetèrent à plat ventre

و خود را به صورت خود انداختند

Il y eut un bruit de nombreux pas

صدای قدم های زیادی شنیده می شد

Alice regarda autour d'elle, impatiente de voir la reine

آلیس به اطراف نگاه کرد و مشتاق دیدن ملکه بود

Au début de la procession se trouvaient dix soldats

در ابتدای راهپیمایی ده سرباز حضور داشتند

leurs mains et leurs pieds étaient dans les coins

دست و پاهایشان در گوشه ها بود

et dans leurs mains et leurs pieds étaient des massues

و در دست و پاهایشان چماق بود

Venaient ensuite les dix courtisans

بعد از آن ده دربار آمدند

Les courtisans étaient partout ornés de diamants

درباریان همه جا را با الماس تزئین کرده بودند

Après les courtisans sont venus les enfants royaux

پس از درباریان، فرزندان سلطنتی آمدند

Il y avait dix enfants royaux

ده نفر از فرزندان سلطنتی بودند

et tous les enfants royaux étaient ornés de cœurs

و همه فرزندان سلطنتی با قلب آراسته شدند

Venaient ensuite les invités ; principalement des rois et des reines

بعد مهمانان آمدند .بیشتر پادشاهان و ملکه ها

et parmi les rois et la reine, Alice vit quelqu'un

و در میان پادشاهان و ملکه، آلیس کسی را دید

Elle revit le lapin blanc qu'elle avait chassé

او دوباره خرگوش سفیدی را که تعقیب کرده بود دید

Le cortège était suivi par le valet de cœur

راهپیمایی با چنگال قلب ها دنبال شد

Il portait la couronne du roi

او تاج پادشاه را حمل می کرد

et la couronne du roi était sur un coussin de velours cramoisi

و تاج پادشاه بر روی یک کوسن مخملی زرشکی بود

Et puis vint la fin de ce grand cortège

و سپس پایان این راهپیمایی بزرگ فرا رسید

Et là, à la fin, il y avait le Roi et la Reine de Cœur

و در پایان پادشاه و ملکه قلب ها بودند

le cortège arriva en face d'Alice

راهپیمایی روبروی آلیس آمد

et ils s'arrêtèrent tous et la regardèrent

و همه ایستادند و به او نگاه کردند

et la reine dit sévèrement : « Qui est-ce ? »

و ملکه به شدت گفت» :این کیست؟«

Elle l'a dit au Valet de Cœur

او این را به Knave of Hearts گفت

Mais il s'est contenté de s'incliner et de sourire en réponse

اما او فقط تعظیم کرد و در پاسخ لبخند زد

Alice parla très poliment

آلیس بسیار مودبانه صحبت کرد

« Je m'appelle Alice, alors faites plaisir à Votre Majesté »

"اسم من آلیس است، پس اعلیحضرت را لطفا"

Mais elle avait d'autres pensées pour elle-même

اما او افکار دیگری با خودش داشت

« Ce n'est qu'un jeu de cartes, après tout ! »

»بالاخره آنها فقط یک بسته کارت هستند«!

« Savez-vous jouer au croquet ? » cria la reine

ملکه فریاد زد» :می توانی کروکت بازی کنی؟«

La question était évidemment destinée à Alice

این سوال آشکارا برای آلیس در نظر گرفته شده بود

— Oui ! dit Alice d'une voix forte

بله »!آلیس با صدای بلند گفت«

« Venez jouer alors ! » rugit la reine

ملکه غرش کرد» :پس بیا بازی کن«!

une voix timide s'adressa à Alice

صدایی ترسو با آلیس صحبت کرد

« C'est une très belle journée ! »

"روز بسیار خوبی است"!

Elle se promenait près du lapin blanc

او در کنار خرگوش سفید راه می رفت

et le Lapin Blanc jetait un coup d'œil anxieux sur son visage

و خرگوش سفید با نگرانی به صورتش نگاه می کرد

« Une très belle journée, en effet, confirma Alice

آلیس تأیید کرد» :واقعا روز بسیار خوبی است

« Où est la duchesse ? »

"دوشس کجاست؟"

« Chut ! Chut ! dit le Lapin

"خفه شو !خفه شو »!خرگوش گفت

« Elle est sous le coup d'une sentence d'exécution »

"او تحت حکم اعدام است"

« Pourquoi est-elle exécutée ? » demanda Alice

آلیس پرسید» :او به خاطر چه اعدام می شود؟«

« Elle a éraflé les oreilles de la reine », commença le lapin

خرگوش شروع کرد» :او گوش های ملکه را خراشید«

cria la reine d'une voix de tonnerre

ملکه با صدای رعد و برق فریاد زد

« Retournez à vos endroits ! »

"به جای خودت برو"!

et les gens se mirent à courir dans toutes les directions

و مردم شروع به دویدن در همه جهات کردند

et ils tombèrent tous les uns contre les autres

و همه آنها در مقابل یکدیگر افتادند

Cependant, ils se sont calmés en une minute ou deux

با این حال، آنها در یک یا دو دقیقه مستقر شدند

Et puis le jeu a commencé

و سپس بازی شروع شد

Alice n'avait jamais vu un terrain de croquet aussi curieux

آلیس هرگز چنین زمین کروکت کنجکاوی را ندیده بود

L'herbe n'était que crêtes et sillons

چمن ها همه برجستگی ها و شیارها بودند

Les boules de croquet étaient de vrais hérissons

توپ های کروکت جوجه تیغی واقعی بودند

Et les maillets étaient de vrais flamants roses

و پتک ها فلامینگوهای واقعی بودند

et les soldats se tinrent sur leurs mains et leurs pieds

و سربازان روی دست و پای خود ایستاده بودند

Parce que les arches ont été faites à partir de leurs corps

زیرا طاق ها از بدن آنها ساخته شده بود

Les joueurs ont tous joué en même temps

بازیکنان همه به یکباره بازی کردند

Personne n'attendait son tour

هیچ منتظر نوبت آنها نبود

et tout le monde se querellait avec tout le monde

و همه با همه دعوا کردند

et tous se battaient pour les hérissons

و همه برای جوجه تیغی ها می جنگیدند

Bientôt, la reine fut dans une colère furieuse

به زودی ملکه در شور و شوق خشمگینی قرار گرفت

et elle s'est mise à piétiner et à crier

و او شروع به مهر زدن و فریاد زدن کرد

« Coupez-lui la tête ! »

"سرش را ببرید"!

« Coupez-lui la tête ! »

"سرش را ببر"!

« Coupez-leur la tête ! »

"همه سرشان را ببرید"!

De nouveau, Alice pensa en elle-même

دوباره آلیس با خودش فکر کرد

« Ils sont affreusement friands de décapiter les gens ici »

"آنها به طرز وحشتناکی علاقه مند به گردن زدن مردم در اینجا هستند"

« Ce qui est très étonnant, c'est qu'il reste quelqu'un en vie ! »

"شگفتی بزرگ این است که کسی زنده مانده است"!

Elle cherchait un moyen de s'échapper

او به دنبال راهی برای فرار بود

Elle remarqua une curieuse apparition dans l'air

او متوجه ظاهری عجیب در هوا شد

« C'est le chat du Cheshire », se dit-elle

با خودش گفت» :این گربه چشایر است

« maintenant j'aurai quelqu'un à qui parler »

"حالا باید کسی را داشته باشم که با او صحبت کنم"

« Comment vas-tu ? » dit le chat

گربه گفت» :چطور کار می کنی؟«

« Je ne pense pas qu'ils jouent du tout équitablement », a déclaré Alice

آلیس گفت" :من فکر نمی کنم آنها اصلا منصفانه بازی کنند

et elle avait un ton plutôt plaintif

و لحن نسبتا شکایتی داشت

« Ils se querellent tous si affreusement »

"همه آنها به طرز وحشتناکی با هم دعوا می کنند"

« On ne s'entend pas parler »

"آدم نمی تواند صدای خود را بشنود"

« Et ils ne semblent pas jouer selon des règles »

"و به نظر نمی رسد که آنها با هیچ قانونی بازی کنند"

le chat a posé une question à Alice à voix basse

گربه با صدای آهسته از آلیس سوالی پرسید

« Comment aimez-vous la reine ? »

"ملکه را چطور دوست داری؟"

— Je ne l'aime pas du tout, dit Alice

آلیس گفت» :من اصلا او را دوست ندارم«

Alice pensa qu'elle ferait aussi bien d'y retourner

آلیس فکر کرد که بهتر است برگردد

Elle voulait voir comment le match se passait

او می خواست ببیند بازی چگونه پیش می رود

Elle est partie à la recherche de son hérisson

او به دنبال جوجه تیغی خود رفت

Le hérisson était occupé à combattre un autre hérisson

جوجه تیغی مشغول مبارزه با جوجه تیغی دیگری بود

C'était une excellente occasion

این یک فرصت عالی بود

Elle pouvait croquer un hérisson avec l'autre

او می توانست یک جوجه تیغی را با دیگری کروکت کند

Mais son flamant rose était de l'autre côté du jardin

اما فلامینگوی او در آن طرف باغ بود

Le flamant rose était plutôt maladroit

فلامینگو نسبتا دست و پا چلفتی بود

Son flamant rose essayait de s'envoler dans un arbre

فلامینگو او سعی داشت به سمت درختی پرواز کند

Elle attrapa le flamant rose par la patte

او فلامینگو را از پا گرفت

Et elle glissa le flamant rose sous son bras

و فلامینگو را زیر بغلش جمع کرد

De cette façon, le flamant rose ne pouvait plus s'échapper

به این ترتیب فلامینگو دیگر نمی توانست فرار کند

Juste à ce moment-là, Alice rencontra la duchesse

درست در آن زمان آلیس به طور اتفاقی دوشس را ملاقات کرد

La duchesse était maintenant sortie de prison

دوشس اکنون از زندان خارج شده بود

Elle glissa affectueusement son bras sous celui d'Alice

او با محبت بازویش را زیر بازوی آلیس فرو کرد

puis ils sont partis ensemble

و سپس با هم راه رفتند

Alice était très heureuse de la trouver d'une humeur si agréable

آلیس بسیار خوشحال بود که او را در چنین خلق و خوی دلپذیری یافت

Elle était cependant un peu surprise

با این حال، او کمی مبهوت شده بود

Elle entendit la voix de la duchesse près de son oreille

او صدای دوشس را نزدیک گوشش شنید

« Tu penses à quelque chose, ma chérie »

"داری به چیزی فکر می کنی، عزیزم"

« Et ça fait oublier de parler »

"و این باعث می شود صحبت کردن را فراموش کنید"

« Le jeu se passe un peu mieux maintenant », a déclaré Alice

"آلیس گفت: بازی اکنون نسبتا بهتر پیش می رود

C'était une façon de poursuivre la conversation

این یکی از راه های ادامه مکالمه بود

— C'est vrai, dit la duchesse

واقعا همینطور است: »دوشس گفت

« Et la morale de cela est la suivante : »

"و اخلاق آن این است":

« C'est l'amour qui fait tout ! »

"این عشق است که همه کارها را انجام می دهد"!

« L'amour est ce qui fait tourner le monde »

"عشق چیزی است که دنیا را به دور خود می چرخاند"

Alice avait une autre explication

آلیس توضیح دیگری داشت

« C'est fait par tout le monde qui s'occupe de ses propres affaires ! »

"این توسط هر کسی انجام می شود که به کار خود فکر می کند"!

— Ah ! Vous pourriez avoir raison"

"آه، خوب إمی توانید حق با شماست«

— Tout cela signifie à peu près la même chose, dit la duchesse

همه اینها تقریبا یک معنی دارند: »دوشس گفت

et elle enfonça son petit menton pointu dans l'épaule d'Alice

و چانه کوچک تیزش را در شانه آلیس فرو کرد

« Et la morale de cela est la suivante »

"و اخلاق آن این است"

« Prendre soin du sens »

"مراقب حس باشید"

« Et puis les sons prendront soin d'eux-mêmes »

"و سپس صداها از خود مراقبت می کنند"

Mais alors le bras de la duchesse se mit à trembler

اما پس از آن بازوی دوشس شروع به لرزیدن کرد

Alice leva les yeux et la reine se tenait là

آلیس به بالا نگاه کرد و ملکه آنجا ایستاده بود

La reine avait les bras croisés

ملکه دستانش را جمع کرده بود

Et elle fronçait les sourcils comme un orage !

و مثل رعد و برق اخم می کرد!

« Je vous préviens », cria la reine

ملکه فریاد زد» :من به شما هشدار منصفانه می دهم

et elle piétina le sol tout en parlant

و در حالی که صحبت می کرد روی زمین لگد زد

« Soit ta tête, soit sa tête doit être coupée »

"یا سر یا سرش باید از بین رفته باشد"

« Faites votre choix ! »

"انتخاب خود را انجام دهید"!

« Et soyez rapide à ce sujet »

"و در مورد آن سریع باشید"

La duchesse fait son choix

دوشس انتخاب خود را انجام داد

et au bout d'un instant la duchesse avait disparu

و در عرض یک لحظه دوشس رفت

Puis la reine s'adressa à Alice

سپس ملکه با آلیس صحبت کرد

« Continuons le jeu »

"بیایید به بازی ادامه دهیم"

Alice était trop effrayée pour dire un mot

آلیس آنقدر ترسیده بود که نمی توانست کلمه ای بگوید

et elle la suivit lentement jusqu'au terrain de croquet

و او به آرامی او را به سمت زمین کروکت دنبال کرد

Pendant tout ce temps, la reine s'est querellée avec les autres joueurs

در تمام مدت ملکه با سایر بازیکنان دعوا می کرد

« Coupez-lui la tête ! »

"سرش را ببرید"!

« Coupez-lui la tête ! »

"سرش را ببر"!

« Coupez-leur la tête ! »

"همه سرشان را ببرید"!

Bientôt, tous les joueurs ont été en garde à vue

به زودی همه بازیکنان بازداشت شدند

il ne restait que le roi, la reine et Alice

فقط پادشاه، ملکه و آلیس باقی ماندند

Puis la reine s'en alla, tout à fait essoufflée

سپس ملکه رفت، کاملا نفس نمی کشید

et elle s'en alla avec Alice

و او با آلیس رفت

Alice entendit le roi dire quelque chose

آلیس شنید که پادشاه بی سر و صدا چیزی می گوید

« Vous êtes tous pardonnés »

"همه شما بخشیده شده اید"

Mais soudain, un autre cri se fit entendre

اما ناگهان فریاد دیگری شنیده شد

« Le procès commence ! »

»محاکمه شروع می شود«!

et Alice courut avec les autres

و آلیس با دیگران دوید

Qui a volé les tartes ?

چه کسی تارت ها را دزدید؟

Le roi et la reine de cœur étaient assis

پادشاه و ملکه قلب ها نشسته بودند

ils étaient sur leur trône quand Alice arriva

آنها بر تخت سلطنت خود بودند که آلیس وارد شد

Il y avait une grande foule rassemblée autour d'eux

جمعیت زیادی دور آنها جمع شده بودند

Il y avait toutes sortes de petits oiseaux et de bêtes

انواع پرندگان و جانوران کوچک وجود داشت

Et il y avait tout le paquet de cartes

و کل بسته کارت ها وجود داشت

Le coquin se tenait devant eux, enchaîné

چاقو در مقابل آنها ایستاده بود، زنجیر

et il y avait un soldat de chaque côté pour le garder

و در هر طرف یک سرباز برای محافظت از او وجود داشت

près du roi était le lapin blanc

نزدیک پادشاه خرگوش سفید بود

Il avait une trompette dans une main

او یک ترومپت در یک دست داشت

et il avait un rouleau de parchemin dans l'autre main

و او یک طومار پوست در دست دیگر داشت

Au milieu de la cour se trouvait une table

در وسط زمین یک میز بود

Sur la table, il y avait un grand plat de tartes

روی میز یک ظرف بزرگ تارت بود

« J'aimerais qu'ils fassent le procès », pensa Alice

آلیس فکر کرد» :ای کاش آنها محاکمه را انجام می دادند

« Alors nous pourrions manger quelques-uns de ces rafraîchissements ! »

"سپس می توانیم مقداری از آن نوشیدنی ها را بخوریم"!

Le juge, soit dit en passant, était le roi

به هر حال، قاضی، پادشاه بود

et il portait sa couronne sur sa grande perruque

و تاج خود را بر روی کلاه گیس بزرگش بر سر گذاشت

« C'est le banc des jurés, pensa Alice

آلیس فکر کرد» :این جعبه هیئت منصفه است

« Et ces douze créatures, je suppose qu'elles sont les jurés »

"و آن دوازده موجود، فکر می کنم آنها هیئت منصفه هستند"

certains étaient des animaux, et d'autres étaient des oiseaux

برخی حیوان و برخی پرنده بودند

Juste à ce moment-là, le lapin blanc a crié

درست در همان لحظه خرگوش سفید فریاد زد

« Silence dans la cour ! »

"سکوت در دادگاه"!

« Héraut, lisez l'accusation ! » dit le roi

پادشاه گفت» :مناد، اتهام را بخوانید«!

Le lapin blanc souffla trois coups de trompette

خرگوش سفید سه انفجار در شیپور زد

Puis il déroula le parchemin

سپس طومار پوست را باز کرد

Et il a lu ce qui suit :

و او به شرح زیر خواند:

« La reine de cœur, elle a fait des tartes, »

"ملکه قلب ها، او چند تارت درست کرد،"

« Tout cela, elle l'a fait un jour d'été »

"همه این کارها را او در یک روز تابستانی انجام داد"

« Le valet de cœur, il a volé ces tartes »

"چاقوی قلب ها، او آن تارت ها را دزدید"

« Et il a emporté ces tartes loin ! »

!"و او آن تارت ها را دور برد"

« Appelez le premier témoin », dit le roi

پادشاه گفت» :اولین شاهد را فرا بخوان

et le lapin blanc souffla trois coups de trompette

و خرگوش سفید سه انفجار در شیپور زد

« Amenez le premier témoin ! » cria-t-il

!«او فریاد زد» :اولین شاهد را بیاورید

Le premier témoin était le chapelier

اولین شاهد کلاه ساز بود

Il entra avec une tasse de thé dans une main

او با یک فنجان چای در یک دست وارد شد

et il avait un morceau de pain et de beurre dans l'autre main

و او یک تکه نان و کره در دست دیگر داشت

« Tu aurais dû finir », dit le roi

پادشاه گفت» :تو باید تمام می کردی

« Quand avez-vous commencé ? »

"از کی شروع کردی؟"

Le chapelier regarda le lièvre de marche

کلاه ساز به خرگوش راهپیمایی نگاه کرد

Le lièvre de marche l'avait suivi dans la cour

خرگوش راهپیمایی او را تا دربار تعقیب کرده بود

Il avait marché bras dessus bras dessous avec le loir

او دست در دست موش راه رفته بود

« Le quatorzième mars, je crois, dit-il

او گفت» :فکر می کنم چهاردهم مارس بود

« Rendez votre témoignage », dit le roi

پادشاه گفت» :شواهد خود را بدهید

« Et ne sois pas nerveux, ou je te ferai exécuter sur-le-
champ »

"و عصبی نباش، وگرنه شما را در همان جا اعدام می کنم"

Cela n'a pas semblé encourager du tout le témoin

به نظر نمی رسید که این اصلا شاهد را تشویق کند

Il n'arrêtait pas de se déplacer d'un pied sur l'autre

او مدام از یک پا به پای دیگر جابجا می شد

et il regarda la reine avec inquiétude

و با ناراحتی به ملکه نگاه کرد

et, dans sa confusion, il mordit un gros morceau de sa tasse
de thé

و در سردرگمی خود، یک تکه بزرگ از فنجان چای خود را گاز گرفت

En réalité, il voulait croquer dans son pain et son beurre

واقعا او قصد داشت نان و کره اش را گاز بگیرد

Juste à ce moment, Alice éprouva une sensation très curieuse

درست در این لحظه آلیس احساس بسیار عجیبی را احساس کرد

Elle commençait à grossir à nouveau

او داشت دوباره بزرگتر می شد

Le misérable chapelier laissa tomber sa tasse de thé

کلاه ساز بدبخت فنجان چای خود را انداخت

et le pain et le beurre tombèrent à terre

و نان و کره روی زمین افتاد

et il mit un genou à terre

و روی یک زانو فرود آمد

« Je suis un pauvre homme, Votre Majesté », a-t-il commencé

او شروع کرد» :من یک مرد فقیر هستم، اعلیحضرت«

« Vous êtes un bien mauvais orateur, » dit le roi

پادشاه گفت» :تو سخنران بسیار ضعیفی هستی

« Tu peux y aller, » dit le roi

پادشاه گفت» :می توانی بروی«

et le chapelier quitta précipitamment la cour

و کلاه ساز با عجله زمین را ترک کرد

« Appelez le témoin suivant ! » dit le roi

پادشاه گفت» :شاهد بعدی را فرا بخوان«!

Le témoin suivant fut le cuisinier de la duchesse

شاهد بعدی آشپز دوشس بود

Elle portait la poivrière à la main

جعبه فلفل را در دست گرفت

et les gens près de la porte se mirent à éternuer tout à coup

و افراد نزدیک در به یکباره شروع به عطسه کردند

« Rendez votre témoignage », dit le roi

پادشاه گفت»: شواهد خود را بدهید

— Je ne donnerai aucun témoignage, dit le cuisinier

آشپز گفت»: من هیچ مدرکی نمی دهم

Le roi regarda anxieusement le lapin blanc

پادشاه با نگرانی به خرگوش سفید نگاه کرد

Et le lapin blanc parlait d'une voix douce

و خرگوش سفید با صدایی آرام صحبت کرد

« Votre Majesté doit contre-interroger ce témoin »

"اعلیحضرت باید از این شاهد بازجویی کنید"

« Eh bien, s'il le faut, il le faut, » dit le roi

پادشاه گفت»: خوب، اگر مجبور باشم، باید

« De quoi sont faites les tartes ? »

"تارت از چه چیزی ساخته شده است؟"

« Les tartes sont faites de poivre, principalement », a déclaré
le cuisinier

آشپز گفت»: تارت ها بیشتر از فلفل درست می شوند

Pendant quelques minutes, toute la cour fut dans la
confusion

برای چند دقیقه کل دادگاه سردرگم بود

Finalement, ils se sont tous calmés

سرانجام همه آنها دوباره مستقر شدند

Mais à ce moment-là, le cuisinier avait disparu

اما در آن زمان آشپز ناپدید شده بود

« N'importe ! » dit le roi

پادشاه گفت»: مهم نیست«!

« Appel à la barre du prochain témoin »

"شاهد بعدی را به جایگاه فرا بخوان"

Alice regarda le lapin blanc qui tâtonnait sur la liste

آلیس خرگوش سفید را در حالی که روی لیست دست و پا می زد تماشا
کرد

Vous pouvez imaginer sa surprise à ce qu'elle a entendu
ensuite

می توانید تعجب او را از آنچه بعد شنید تصور کنید

à tue-tête de sa petite voix aiguë, il appela le nom « Alice ! »

با صدای کوچک تند و تیز خود، نام "آلیس" را صدا زد!

Le témoignage d'Alice

شواهد آلیس

« Ici ! » s'écria Alice

آلیس فریاد زد» :«اینجا»!

Elle se leva d'un bond en toute hâte

او با عجله زیادی از جا پرید

et elle renversa le banc des jurés

و او جعبه هیئت منصفه را واژگون کرد

et elle renversa tous les jurés

و او همه اعضای هیئت منصفه را از بین برد

et ils tombèrent sur la tête de la foule en bas

و آنها روی سر جمعیت پایین افتادند

Alice était dans un grand désarroi

آلیس بسیار ناراحت بود

« Oh ! je vous demande pardon ! » s'écria-t-elle

"اوه، من از شما عذرخواهی می کنم "!او فریاد زد

« Le procès ne peut pas avoir lieu », dit le roi

پادشاه گفت» :محاکمه نمی تواند ادامه یابد

« Les jurés doivent retourner à leur place »

"هیئت منصفه باید به جای مناسب خود بازگردند"

Il répéta l'ordre avec beaucoup d'emphase

او دستور را با تأکید زیاد تکرار کرد

et il regarda Alice d'un air sévère

و او با جدیت به آلیس نگاه کرد

« Que savez-vous de ces événements ? » demanda le roi à
Alice

پادشاه از آلیس پرسید» :از این وقایع چه می دانید؟«

— Je ne sais rien à ce sujet, dit Alice

آلیس گفت» :من چیزی در این مورد نمی دانم

Le roi lut ensuite un extrait de son livre

سپس پادشاه از کتاب خود خواند

« Règle quarante-deux »

"قانون چهل و دو"

« Toutes les personnes de plus d'un kilomètre de haut
doivent quitter le tribunal »

"همه افرادی که بیش از یک مایل ارتفاع دارند باید دادگاه را ترک کنند"

« Je ne suis pas à un mille de haut, » dit Alice

آلیس گفت" :من یک مایل ارتفاع ندارم

« Près de deux milles de haut », dit la reine

ملکه گفت» :نزدیک به دو مایل ارتفاع«

— Eh bien, je refuse d'y aller, dit Alice

آلیس گفت» :خوب، من از رفتن امتناع می کنم

Le roi pâlit

پادشاه رنگ پریده شد

et il ferma précipitamment son carnet

و دفترچه یادداشت خود را با عجله بست

« Considérez votre verdict », a-t-il dit au jury

او به هیئت منصفه گفت" :حکم خود را در نظر بگیرید

Il parlait d'une voix basse et tremblante

او با صدایی آهسته و لرزان صحبت کرد

Puis le lapin blanc prit la parole

سپس خرگوش سفید صحبت کرد

« Il y a encore plus de preuves à venir »

"هنوز شواهد بیشتری در راه است"

et il se leva d'un bond en toute hâte

و با عجله زیادی از جا پرید

« Ce papier vient d'être retiré »

"این مقاله به تازگی برداشته شده است"

« On dirait que c'est une lettre écrite par le prisonnier »

"به نظر می رسد نامه ای است که توسط زندانی نوشته شده است"

Il déplia le papier tout en parlant

او در حین صحبت کاغذ را باز کرد

« Ce n'est pas une lettre, après tout »

"بالاخره این یک نامه نیست"

« Ce que c'était, c'était un ensemble de versets »

"آنچه بود مجموعه ای از آیات بود"

« S'il vous plaît, Votre Majesté », dit le coquin

«چاقو گفت: خواهش می کنم، اعلیحضرت»

« Je n'ai pas écrit ces vers »

"من آن ابیات را ننوشتم"

« et ils ne peuvent pas prouver que j'ai écrit quoi que ce soit »

"و آنها نمی توانند ثابت کنند که من چیزی نوشته ام"

« Il n'y a pas de nom signé à la fin »

"در انتها هیچ نامی امضا نشده است"

Le roi parla au fripon

پادشاه با چاقو صحبت کرد

« Vous avez dû vouloir causer des méfaits »

"حتما قصد ایجاد شیطنت را داشته باشی"

« Sinon, tu aurais signé ton nom comme un honnête homme »

"در غیر این صورت شما نام خود را مانند یک مرد صادق امضا می کردید"

Il y eut un claquement général de mains

کف زدن کلی شنیده شد

Et le roi se tourna vers le lapin blanc

و پادشاه رو به خرگوش سفید کرد

« Lisez les vers », ordonna-t-il

«او دستور داد: آیات را بخوانید»

Il y eut un silence de mort dans la cour

سکوت مرگباری در دادگاه حاکم بود

et le lapin blanc lut les versets

و خرگوش سفید آیات را خواند

Ils m'ont dit que vous étiez allé chez elle

آنها به من گفتند که تو پیش او رفته ای

Et ils lui parlèrent de moi

و آنها مرا به او گفتند

Elle m'a donné un bon caractère

او به من شخصیت خوبی داد

Mais elle a dit que je ne savais pas nager

اما او گفت که من نمی توانم شنا کنم

Il leur a fait savoir que je n'étais pas parti

او به آنها خبر داد که من نرفته ام

Nous savons que c'est vrai

ما می دانیم که درست است

Si elle poussait l'affaire, que deviendriez-vous ?

اگر او این موضوع را ادامه دهد، چه بر سر شما می آید؟

Je lui en ai donné un, ils lui en ont donné deux

من یکی به او دادم، آنها به او دو تا دادند

Vous nous en avez donné trois ou plus

تو سه یا بیشتر به ما دادی

Ils sont tous revenus de sa part vers vous

همه از او نزد تو بازگشتند

bien qu'ils aient été les miens avant

اگرچه آنها قبلا مال من بودند

Si j'avais la chance d'être

اگر من یا او باید شانس داشته باشم

Si j'étais impliqué dans cette affaire

اگر من یا او در این ماجرا دخیل بودیم

Il compte en vous pour les libérer

او به شما اعتماد دارد که آنها را آزاد کنید

Exactement comme nous étions

دقیقا همانطور که ما بودیم

Mon idée, c'est que vous aviez été

تصور من این بود که تو

Avant qu'elle n'ait cette crise

قبل از اینکه او این تناسب را داشته باشد

Un obstacle qui s'est dressé entre

مانعی که بین

Lui, et nous-mêmes, et cela

او، و خودمان، و آن

Ne lui faites pas savoir qu'elle les aimait mieux

اجازه ندهید بداند که آنها را بیشتر دوست دارد

Car cela doit être à jamais un secret, caché à tous les autres

زیرا این باید برای همیشه یک راز باشد و از بقیه پنهان بماند

Ce secret doit rester un secret entre vous et moi

این راز باید بین من و تو مخفی باقی بماند

Le roi était très impressionné

پادشاه بسیار تحت تأثیر قرار گرفت

« C'est la preuve la plus importante que nous ayons
entendue jusqu'à présent »

"این مهمترین مدرکی است که تاکنون شنیده ایم"

— Je ne crois pas que ces vers aient un atome de sens,
objecta Alice

آلیس اعتراض کرد» :من معتقد نیستم که آن آیات ذره ای از معنا را
حمل می کنند

le roi avait sa propre opinion sur la question

پادشاه نظر خود را در این مورد داشت

« S'il n'y a pas de sens dans ces mots, cela sauve un monde
de problèmes »

"اگر معنایی در این کلمات وجود نداشته باشد، دنیایی از دردسر را نجات
می دهد"

« Alors nous n'avons pas besoin d'essayer de trouver le
sens »

"پس لازم نیست سعی کنیم معنی را پیدا کنیم"

« Laissons le jury délibérer sur son verdict »

"بگذارید هیئت منصفه حکم خود را بررسی کند"

« Non, non ! » dit la reine

ملکه گفت» :نه، نه«!

« La condamnation d'abord, le verdict ensuite »

"اول محکومیت - بعد از آن"

« Des bêtises et des bêtises ! » dit Alice à haute voix

"چیزها و مزخرفات "!آلیس با صدای بلند گفت

« Comme il est stupide de condamner l'accusé en premier ! »

»چقدر احمقانه است که اول متهم را محکوم کنیم«!

« Tais-toi ! » dit la reine en devenant violette

ملکه گفت» :زبانت را نگه دار«!

« Je ne me tairai pas ! » dit Alice

آلیس گفت» :من زبانم را نگه نمی دارم«!

cria la reine à tue-tête

ملکه با صدای بلند فریاد زد

« Coupez-lui la tête ! »

"سرش را قطع کن"!

Personne n'a fait un mouvement

هیچ حرکتی انجام نداد

« Qui se soucie de ce que vous dites ? » dit Alice

آلیس گفت» :چه کسی اهمیت می دهد که چه می گویی؟«

Elle avait atteint sa taille maximale à ce moment-là

او در این زمان به اندازه کامل خود رسیده بود

« Tu n'es rien d'autre qu'un jeu de cartes ! »

"تو چیزی جز یک بسته کارت نیستی"!

À ces mots, toutes les cartes se levèrent dans les airs

در این حالت، همه کارت ها در هوا بلند شدند

et toutes les cartes s'abattaient sur elle

و همه کارت ها روی او به پرواز درآمدند

Elle poussa un petit cri

او کمی جیغ زد

Elle était à moitié effrayée, mais aussi en colère

او نیمه ترسیده بود، اما در عین حال عصبانی بود

Et elle a essayé de se battre contre les cartes

و سعی کرد با کارت ها از خودش بجنگد

puis elle se retrouva allongée sur le talus d'herbe

و سپس خود را روی ساحل چمن دراز کشیده دید

Sa tête était sur les genoux de sa sœur

سرش در دامان خواهرش بود

Des feuilles mortes s'étaient posées sur son visage

چند برگ مرده روی صورتش فرود آمده بود

et sa sœur balayait doucement les feuilles

و خواهرش به آرامی برگ ها را پاک می کرد

« Réveille-toi, ma chère Alice ! » dit sa sœur

خواهرش گفت» :بیدار شو، آلیس عزیزم«!

« Quel long sommeil tu as eu ! »

"چه خواب طولانی داشتی"!

« Oh, j'ai fait un rêve si curieux ! » dit Alice

آلیس گفت» :اوه، من چنین رویای عجیبی دیده ام«!

Et elle raconta à sa sœur tout ce qu'elle pouvait se rappeler

و او هر آنچه را که به یاد می آورد به خواهرش گفت

toutes les étranges aventures que vous venez de lire

تمام ماجراهای عجیبی که به تازگی در مورد آنها خوانده اید

Alice se leva et s'enfuit en courant

آلیس بلند شد و فرار کرد

et elle pensait, tout en courant, à son rêve

و در حالی که می دوید، به رویای خود فکر کرد

« Quel rêve merveilleux cela avait été ! »

"چه رویای شگفت انگیزی بود"!